山，巍巍的山

李琦轩◎著

中国出版集团 现代出版社

图书在版编目（CIP）数据

山，巍巍的山 / 李琦轩著. - - 北京：现代出版社，2022.1

ISBN 978-7-5143-9663-8

Ⅰ. ①山… Ⅱ. ①何… Ⅲ. ①诗集-中国-当代 Ⅳ. ①I227

中国版本图书馆 CIP 数据核字（2022）第 026497 号

山，巍巍的山

作　　者	李琦轩
责任编辑	刘　刚
出版发行	现代出版社
通讯地址	北京安定门外安华里 504 号
邮政编码	100011
电　　话	010—64267325　010—64245264（兼传真）
网　　址	www.xiandaibook.com
电子信箱	xiandai@cnpitc.com.cn
印　　刷	北京荣泰印刷有限公司
开　　本	880 毫米×1230 毫米　1/32
印　　张	7.5
字　　数	140 千字
版　　次	2022 年 2 月第 1 版　2022 年 2 月第 1 次印刷
书　　号	ISBN 978-7-5143-9663-8
定　　价	56.00 元

序言

□ 赵统斌

“月芽雨”，很容易地就让人想起“杏花春雨江南”，想起“雨巷”。而“李琦轩”，则让人想起“小轩窗，正梳妆”的闲适温润。这两个名字，无论是虚拟空间的“网红”，还是现实世界的“名头”，予人更多的是润泽、清幽、精巧和柔曼。然而，当一个高大的中年男人站立在面前的时候，虽然其不乏儒雅和文气，但此前通过想象而预设的“阴柔之美”与跃动在眼前的“阳刚之气”，还是形成了鲜明的反差。而且那么一个风生水起、影响日隆、朝气蓬勃的“黄土地文化工作室”，其掌门人竟然是月芽雨李琦轩。更令人难以置信的是，其诗集的名字竟然叫《山，巍巍的山》。这“小桥流水”与“大江东去”，实在相去甚远。

的确，李琦轩诗作的主基调就是豪迈、壮阔和辽远。正如郭沫若为南宋豪放派词人辛弃疾所撰联语——“铁板铜琶继东坡高唱大江东去；美芹悲黍冀南宋莫随鸿雁南飞。”稼轩的词如是，那么琦轩的诗呢？一样地充满家国情怀和哲思理趣。只是时代大大不同了，早已“换了人间”。

就“国”而言，李琦轩是位新时代的歌者。《山，巍巍的山》这首诗，既作了书名，也是本部诗集的开篇之作，亦可谓统领之作，定调之作。其副题为“黄土地文化工作室热烈祝贺伟大的中国共产党诞辰九十九周年”，此诗作于去年，是贺诗。那么，这部诗集就是向建党一百周年的献礼之作了。在开篇诗中，作者并没有像其他诸如此类的“红诗”一样，去历陈建党的艰辛，成长的曲折，建功的辉煌。而是将其置于中国和整个世界的坐标之中，既有历史的纵深，又有现实的阔大，更有宇宙的终极关怀。作品的结构大开大合，收放自如；思情穿越岁月，游走八荒；诗句节奏明快，跌宕铿锵。可谓纵目骋怀，气象万千。与之相呼应的，还有《井冈山和伟人》、《杨靖宇将军说》以及五个“写给”——左权、周恩来、宋庆龄、毛岸英、焦裕禄……这些人物列传，均以其不同的性格、遭际和功业，成为共和国大厦矗立和民族复兴的最好注脚。另外，对黄河、长江、长城等标志性河流与建筑物的抒写，也都凝聚着作者深沉挚爱的目光和独有的当代情怀。

就“家”而言，李琦轩是位乡情的守望者。乡音，乡思，乡恋，使每一位走出乡村而又有着原乡情结的人，都会成为乡土的回望者和乡情的守望者。乡村的老屋，屋内的犁耧锄耙；村前的打麦场，麦场上的石磙麦秸垛；村后的小河，河边的歪脖子柳树……远处便是一望无际的庄稼地，这就为大人们的劳作和和孩子们的玩耍准备好了背景。而所有这一切，又该是多少代人的集体记忆啊。在这个记忆的屏幕上，最先走出来的便是“我的父亲母亲”。李琦轩也不例外。于是，父亲的脊背和母亲的怀抱，便率先走进了他的诗行。在《父亲的脊背》中，他写道：“父亲/用竹子的韧性/把村子/从山西洪洞县/背到山东菏泽/从大槐树下出发/去开辟荒芜/脚印里长出/一株株槐树/如夸父的手杖/根深叶茂/我们在槐花里/像蜜蜂飞来飞去。”还有《老家的老屋》《麦秸窝》《村头的古柳》《杨叭狗儿》……守望乡情，就是守望一段刻骨铭心的记忆，就是守望一种根植于内心的孝悌。从李琦轩的诗里，我们读到了这一切。

当然，李琦轩的诗作并不拘于此，而是展示了更广大的抒写空间。其表现手法上，更是多姿多彩。正像诗集开头的那首“政治抒情诗”一样，没有惯常的那种直抒胸臆的“大喊大叫”，而是用富有哲思的诗化的语言去表达。在他一首首借物抒怀或心灵独白的诗作中，运用了大量的象征手法，产生了许许多多意象优美的文字。“乘坐一片云/着急忙慌赶来/就是为了淋湿那个人吗”（《听雨》）。“嫦娥的一滴眼泪/还有桂花的香气/把那人绊倒/月光叹口气/轻柔盖上绒毯”（《桂花的脚踝》）。“一个人怕掉入湖里/就在湖底行走”（《等待》）。“道道身影被锻成/簇簇箭头/穿越/不曾休止的/躲猫猫的场景和/窃笑”（《生活啊生活》）。或七彩斑驳，或五味杂陈，或意蕴清幽，或哲思缕缕，令人味之不尽的篇什比比皆是，即请读者诸君自行赏读吧。

文末，以小诗一首作结：

歌罢欣然临小轩，月华星雨落长天。

诗思潮涌淘佳句，一卷盈怀入梦欢。

2021 年 3 月 28 日于菏泽

赵统斌：山东成武人。系中国作家协会会员、中国散文学会会员、中华诗词学会会员。现为菏泽市作家协会主席。原菏泽日报社副总编辑、党委委员、高级编辑。黄土地文化工作室顾问，菏泽市第七批专业技术拔尖人才。获省以上作品奖 170 余件次，出版著作 10 余部。

目 录

CONTENTS

山，巍巍的山

——黄土地文化工作室热烈祝贺伟大的中国共产党诞辰100周年

威仪的挺拔
律动心跳
一点点增加
仰视的厚度

从亘古的洪荒，匍匐潜行
倔强的触须
横穿黑暗和沉寂的隧道
坚守一个个黎明
以巍巍的姿态
让霞光照亮

横穿世纪冰川的风云际会
千万年铸造
道道铮铮脊骨
泓泓殷殷目光
掌控蓝天的蓝
醉心白云的白

托起雪花飘舞的轻盈
雪莲花开满胸膛

缕缕鸟声滴翠山涧
款款的心思
舒展人类视野
挂挂飞瀑碎玉中滔滔
书写激情的华年
傲岸的身姿
天涯海角，流畅优美曲线
脚步铿锵，肩负夸父手杖
绘制如画江山

苍鹰的翅膀
期盼里盘旋
让苍穹靠近
覆盖裸露的灵魂
狂风的魔爪
讪讪中折断
让万家灯火
在生命里震撼

一座座豪迈
一座座尊严
扛起大宇宙
扛起大宇宙的浩瀚

托起大自然
托起大自然的壮观

人类历史
血雨腥风刻就丰碑
勤劳善良铸成灿烂
忠骨埋在感恩深处
青山座座，张张熟悉的脸
温暖激励心田

地球的风采
沿连绵起伏奔跑呈现
太阳，火红的心脏
蓝天万里征程
朵朵白云，片片云帆
方阵隆隆
天界人间盛大凯旋

圈起地球的栅栏
搏动家园的浪漫
月亮，纯白的梦想
飘逸枕边
长空如洗
袅娜澎湃的舞姿
星辰的花朵次第鲜艳

夜的钢琴
妙音绕梁
铺天盖地依偎窗外
宏大的画面
杏花初落或苍劲青松
挺拔的翠竹或血红的枫叶
妙笔天成的作品
悬挂涛声依旧的世界

岩层覆盖岩层
熔炼孕育熔炼
燃烧引爆燃烧
火山堆积火山
一道道风景
一幅幅奇观
千万年，万千年
向我们靠近
四面八方上演

每一颗心要经过铸造
每一寸魂要历经淬炼
每一株草都证明春天
每一道泉都清澈甘甜
每一个台阶都打磨无数奋斗者的脚板
每一座峰顶义薄云天让攀登者望眼欲穿
高山无顶我为峰

人类在勇敢勤劳的征服中
创造千古奇观

天地永恒里演变
狂风暴雨
响雷亮电
波波袭击
沧桑激流里屹立不倒
百孔千疮
血迹斑斑
肌肤纹理夺目璀璨

春夏秋冬独占深沉
雕塑的岁月四季饱满
弱小稚嫩芽苞
怀抱里粗壮中蜿蜒
父爱如山
父亲般的气度和格局
豪气冲天
支撑时间和空间
战士般勇敢和坚韧
开拓胸襟和期盼

一双双挥舞的手臂
张力饱满
生机无限

博大精深处舒展
刀的呼啸
剑的呐喊
宇宙隐隐作响
水的澎湃
火的跳跃
日夜兼程
地球沙沙旋转

母亲般纯善和慈颜
孕育繁茂枝丫
天使般的仁心和大爱
呵护郁郁葱葱的风范
洁白的雪
山顶安家收集鸟的目光
灿烂的花
缝隙开拔
捡拾攀登的虹岚

一棵树，悬崖上
晾晒四季的歌谣
一朵云，半腰歇脚
四季精彩招展
一座山，仙宫般缥缈
飞檐走壁
祥瑞霭霭

一座峰，人间乐园
阡陌纵横
溪水碧潭
游人如织
流连忘返
在美丽的风景里
成长，涅槃

山，巍巍的山
魂牵梦萦的山
巍巍的擎天柱
托起人类的梦幻
托起国泰民安

胡杨林　我心中的歌

一

队队跋涉干枯征程的勇士，站在那
片片云帆，横渡没有一滴水的沙海
生命穿越无生命的界碑
创建一个新的国度，勇士的国度

勇士迎接勇士。根须攀爬根须
行进的姿势，站立，生根，飞翔
坚定的目光，高过苍鹰的翅膀
在不知名的勇士国度，撑起崇敬的目光

生命之歌，时空流淌
群群黄色的仙鹤梳羽整装，
下车拥抱这瑰丽的风彩
感受豪气干云，仙风道骨的悲壮

二

水分被岁月的风风干，
颜色被流浪的琴消释殆尽
那头颅，那手臂，那血管
向天空昂首，生龙活虎地昂首

不会稍微改变姿势

生命的特征不是汁液，
不是色彩，是姿势，是态度
是坚守，是位置，是歌曲
生命交响曲，让天空迈不动步

三

那是谁，像负伤
没有赶上队伍的战士
下肢干枯，却没有萎缩
腰肢却伸展一枚黄叶
簇拥着生命的黄色旗帜

在空旷，寂寞，孤独的
空旷，寂寞，孤独里
招展，舞动妩媚和柔韧
站在那，鼓动生命的河流

站在那，双臂就在那拥抱天地
从岁月的亘古，从历史的沧桑
不知年月，不惧困难和磨难，站在那
站在那，站得人热泪盈眶

抱抱我，尊敬的勇士
天空向大地靠近，靠近

一棵树，站成队伍
站在那，站在队伍之首
生命和无生命都在集合
一起跋涉，一起坚守
没有年老，年轻
只有皮肤颜色的深浅

四

我的心从此不再荒凉
干枯，萌发，坚守。再出发
向着每天升起的太阳，
向着每天望不见的太阳
向着每天心中的太阳

骆驼群，沙漠之舟开到这里
志同道合站在一起，迎接客人
世界的尽头，还是世界
生命之外，还是生命
勇敢和勤奋，忠诚和向上
总能找到同伴，找到回应

我的心在靠近，靠近
靠近地球的深处
靠近生命的深处
靠近相知相惜的深处
双脚就是两匹骆驼

横渡一切沙漠，一切沙漠的沙漠
生命的水透过干枯，汇成海洋

五

啊，胡杨林，您向我奔跑
把我吞掉，吞掉懦弱和寂寞
您从遥远的国度，仙境
向我奔跑，向我奔跑
加入队伍，挺直腰板

夕阳也是一棵胡杨，在地球上
另一方位，站得金碧辉煌
啊，胡杨林，我向您奔跑
我的灵魂，我的生命，我的爱
都属于您，都属于您的世界
属于骆驼的歌喉
都属于无休无止的生存，奋斗

啊，胡杨林；啊，我
我们相向奔跑，世界相向奔跑
生命相向奔跑，坚强相向奔跑
爱情相向奔跑，美丽相向奔跑
豪气相向奔跑，永恒相向奔跑

我的心一直相向奔跑。几千年，几千年
啊，胡杨林。连同颗颗，善良，不屈之心

那棵树

那棵树，在画面中站立
以树的形象站立
枝杈墨黑如铁丝，蓬松一头乱发
从树中走出，向光线靠近
天空低了一点点

那棵树，站立就是行走
风，抓扯他，像揪住一根稻草
风只是路过，却有被风吹跑的危险
那棵树，却稳住了阵脚
让黄昏安静下来，让
那个牵牛的农夫，安静地回家

夕阳早已安全西去
那棵树还站在前线
把山挡在身后
疤痕累累地挺在前线

战场，无处不在
那棵树撑起一角天空
人们匆匆安全而过
追逐温暖的小窝，钻进去

匆匆安全而过，往往忽略那棵树
只是当作风景，或者道具

清明节，母亲的麦田

绿色的汁液
流满腮颊
蹲在麦田里
我也成为一株麦子
让露水打湿

一尺多高的麦子
密不透风
故乡的土地
用我的血管呼吸
一呼一吸里
有母亲的乳香

母亲的坟茔也是一株麦子
在太阳灿烂的怀抱里
我和母亲肩并肩手拉手
又坐在一起了
在这大片露水打湿的麦田里
在 2020 年的清明节

我和母亲聊了一个小时过日子的话
提了十沓烧纸

六捆百元阴钞
两棵元宝树
用火焰，泪水
和叮嘱送给母亲

提这么多好东西
这次，母亲没有拒绝

麦秸窝

麦秸窝，就是麦秸做的炕
很简单，不加任何修饰的简单
一层层麦秸，无数温暖的怀抱
拥挤着，争先恐后
用土地的芬芳和温度
用庄稼的芬芳和温度
还有麦子的清香
搂抱着冰凉的躯体和灵魂
柔软软的柔，熨帖着我的颤抖
暖和和的，一个个冬天就过去了

麦秸窝，就是麦秸做成的炕
母亲抱来的麦秸，带着母亲的体温
铺一层，又铺一层，展平，压实
把无奈，辛酸和对儿子的爱压实
麦秸秆里，储存着大量的阳光
我躺在上面睡觉。用阳光洗澡
简单单的，一个个冬天就过去了

麦秸，有时垛得有点高
周围又没有阻挡，我
面向里，贴着墙壁

怕一不小心，暖洋洋的冬天
会滚落地上，我的腿很灵活
也很警惕，随时准备出击
迅速整理滑落的被子和睡姿
轻松松的，一个个冬天就过去了

冬天的风很大，也很冷
旷野的树，叶子都逃光了，只余鸟巢
牢牢蹲踞在高高的树杈之上
任凭风浪起，稳坐钓鱼台
我常常震撼于鸟之父母
用什么力量和智慧给孩子们筑巢
里面一定也是阳光铺就的吧
是否也像我的麦秸窝一般
我感到莫名的幸福和安全
幸幸福福爆满中，一个个冬天就过去了

幼时，母亲和我用麦秸窝抗击寒冷
轻松松的，一个个冬天就过去了

大地和伟人

屁股坐在地头上
庄稼秸秆上
就感觉老百姓亲
那个伟人就在那儿坐着

双脚盘在炕头上
和乡亲们拉家常
青山绿水把家环绕
那个伟人就在那儿唠着

把心和群众贴在一起
牵挂他们的衣食住行
和喜怒哀乐
伟人就成为世纪伟人了

简单的道理，很多人不明白
再远，再高，包括罪恶和荣耀
最终回归自然，成为土粒
滋生万物，洗涤灵魂

脚踏在大地
不是她任意让你歧视，蹂躏

是她的包容，和胸襟
把你孕育，托载你的作为

只有伟人
才能体味大地的力量
才能体味，她的厚重和丰富
他们为大地而生

他们把才华，生命和灵魂
和大地融在一起
汲取，日月星辰的光华
为大地的繁荣，奉献一切

最普通的，也是最有力量的
最粗浅的，也是最深厚的
是大地，是人民
孕育万物，包容一切

伟人们，和大地一起
创造历史，改写历史

父亲的咳嗽

从昔日的积劳
从偷吸的烟
频频发生
并随着开门声
延伸到户外

蜿蜒在乡村小径
在麦田深处徘徊
村庄的拂晓
以及远方的亲人
在咳声中
坐卧不安

寒冷的尾巴
已被绿色的剑锋斩断
麦田里空气过滤残冬
生机勃勃的气息按捺不住
父亲也用医保，中药和锻炼
整顿肺和气管
心情和桃花一样绚烂

那片菜园，那梦

田野里，机井房
柴油机的马达锈了

锈住了轰鸣声
儿时的回声
还在废井里发芽

记忆的小花开满地
还有美丽和岁月
是锈不住的
还有畦上这朵菊花

一个小女孩
不理会，太阳的落山
用一株狗尾巴草
认真地，在土地上画画
画一轮明月
照着她回家

西红柿的灯笼
被我咳灭
偷吃时，汁液淹了嗓子

大白菜疙瘩遗留在土壤
零落，一些白菜叶子
还有爬行的秧子草
独自旅游，深秋的哑巴

月光抚摸我的乱发
小雨轻吻我的脸颊
身在天涯，梦里，我都去溜达

仿佛去看望一位亲人
仿佛踏着母亲的呼唤
回家

五月的记忆

五月
热得无助和纠结
蝉鸣和麦芒发出尖锐的声音
田野和村庄耳鸣

率性的风，踌躇不前
密密的麦田和芭蕉扇间，徘徊
跃跃欲试，灌浆饱满的麦粒
汗水，擦亮季节

锋利银光飞舞，镰刀
劳动者，眉飞色舞
与丰收，土地
对话

麦香浓郁
四溢。齐茬茬的伤口
瓜熟蒂落

几个蚱蜢
商量搬家豆田的事宜
惊走，几个刨桃树苗的孩子

粪坑的桃核
扔进一个偶然
沦落
又被发配于地牢
沉寂潜伏
竟然成了气候

美桃的渴望
点燃
孩子们，其中一个是我
计划把树苗栽在自家院子
精心照料挂果的日子

大碗酒里发酵丰收
土地和劳动者
节日气氛
场院，扬麦子的木锨
得以发挥

烟囱中气十足
白面馍好闻的味道
和葱花面条香油的香气
村子一直抽着鼻子
贪婪嗅着

宠爱的猪羊，忽略于角落
哈欠无奈
画圈
叫唤

自谋生路
小鸡，眼睛发亮
秸秆下散粮
翻检着鸡爪
翻检着无数惊喜

鸡蛋
尚有余温

农家
成熟和欢乐
满囤满囤
堆满五月

十多年了，那时

十多年了，那时，你亭亭玉立的腰身
冬季里一枝梅花的舒展
人流里，眼睛和鼻子压扁了玻璃

头发乌黑，亮泽，带着好闻的味道
光阴那匹马，蹄声嗒嗒，青石上快速荡去
走不出思念。红豆在窗台开了几个季节

翻阅岁月，悄悄走进
月光如丝，打包甜蜜的记忆
我也悄悄走进。日记里相遇

春风用力地，拔出绿浪中的麦穗
拔出洒落泥土的，你的笑声
惊散一对亲昵的蚱蜢和你的眼神

揽住腰肢，麦子和麦子在风中穿行
城市的广场和公园，所有万紫千红的闪烁
都走不出乡村的田埂，在岁月里蜿蜒

还有你的味道。还有流浪的藤蔓
走不出泥土的怀抱和牵引

棉桃咧嘴笑了，你也笑了

莲花在荷塘袅娜。你的心思
在我心里袅娜。小溪流淌透明和欢快
窗外的青山，栅栏般圈住幸福

向日葵站在栅栏周围，转动灿烂的表情
传递某种气息。太阳走得太匆忙
日子在打更的锣声或者梆子声中结束

十多年了，周围的风景收割了十几茬
周围的演员和观众，也都换了几十拨
一切物是人非，恍如隔世

即使，你踏歌而来，手捧那朵莲花
也无法面对虚无和某些心痛的变化

枫叶的展望

你的身姿和婀娜，惊鸿疾掠
群山青翠中摆开盛宴，举杯
殷红的葡萄酒，染润嘴唇
溪水潺潺流淌鸟语的心情

脚步轻叩，台阶在琴韵里舒展
清凉凉的莲花之白，拂过发髻
捂住纤纤柔指，嫩芽透出肌肤
唤着你的名字招手，走进枫叶的展望

悠悠白云，山河里飘荡
质朴的栀子花肩负着信仰
执一把利斧，磨砺厚茧的手掌
为你清理荆棘和一路风霜

一叶扁舟，如箭般射向远方
白衣缟素，你的风采，品质流芳
哼着小曲，依偎季节，画中徜徉
放飞一只白鸽，月亮之上

弓箭击落阴影尘土和恶念
甩一声清脆的鞭子，放牧羔羊

归客的马蹄，敲碎寂静的绝唱
两颗心大海里沐浴艳丽的阳光

紫薇花爬过你的笑靥
万籁俱寂的耳朵倾听梦的生长
花香和霞光叠放呢喃的枕边
苍鹰在海鸥的欢声中展翅飞翔

享受大自然的精美和雄壮
纯净的梵音缥缈在天庭的荷塘
雨滴在窗台的花盆里眨眼
把心情放飞，辽阔的大地守望

桂花的脚踝

桂花的脚踝，楚楚可怜
金黄色的请帖，孤零零
裸露在濡湿的情绪里
睫毛弯弯的风采

桂树婆娑于遥远的距离
距离隔断了声音的图钉
固定不牢的思念
从月亮垂下，丝带般寂寞

打捞时光的祝愿和念想
桂花还是那么飘香，漫不经心
味道的舌尖很敏感，像一束昙花
很在意一个月色溶溶的夜晚

试图抓住丝带，攀月奔跑于河山
沿河山喊一声男性的雌性翅膀
登高望月月更远，桂树下的叶片如追债
门前飘落，被秋风百无聊赖地翻检

嫦娥的一滴眼泪，还有桂花的香气
把那人绊倒，月光叹口气，轻柔盖上绒毯

那片荷

一

缥缈的仙班里
那个谁
偶然一瞥
就，袅袅娜娜
降落凡尘
唤我
回家

二

在那里
隐居的地方
叫作荷塘

那上空
时光的堤岸
布满
翠绿的氤氲

醉了

谁的目光

三

从
纤纤金莲
追起

到
田田绿伞
波心
荡漾

再到
憔悴了
模样

洁白的身子
为谁
坚守

一缕芬芳
指尖绕香

四

谁的身影

晃动
粉红秀裙

手握管管注射器
晶莹剔透的绿
悄悄注入

躲在月光朦胧里
怕惊落蛙声
和谁的
梦

五

风
轻柔

疲惫
和伤口
脱落

音乐
潮水般
流淌

星星的
眼睛

绿色深处
那扇
小窗

情不自禁
亮了
灯

谁
在窗外迟疑
伸不出
轻叩的
手

六

一茎绿伞
一团晶露

滚动呼吸
绿的世界里
那个谁

同眠
一方绿

同守
一寸白

同醉
一缕香

任季节
不再

七

黑油油的
淤泥哟
安放灵魂
和情怀

舒展
洁白的
腰身
和睡姿

密匝的
吻

轻巧的
雨滴

倾
诉

多少
缠绵
和找寻
其中的幸福啊

莲蓬
那个谁
躲在里面
蠢蠢欲动

结
籽

八

昨天
一只蜻蜓
来看一下

叮在眉尖
小憩

没发表
意见

翅膀一展

柔波里
小鱼
碰了晾衣杆

青蛙
打捞
遗落水中的喜悦

莲花
又开了
暴露了秘密

小鸟
忙着
去宣布
多嘴的鸟啊

那个谁
那片荷
故事很多的

甜蜜好久
睡不着

那片荷哟

桃花

一

柔嫩的小嘴
春睡微醒
打个
慵懒的
哈欠

醉人的艳
滴落
一抹酒窝

斜靠桃枝
娇喘连连
袅娜春天的
所有少女
都不会走道了

二

一朵 两朵
一枝 两枝

一树 两树
一园 两园
一千亩 两千亩……

全世界
粉红的小蜜蜂
炸窝了

猫在花蕊里
迷乱飞舞里
都迈不动步了

三

花似人
人似花
浅笑成一簇簇锦绣

是谁
乘坐月亮船
横渡春海

一泓清澈的目光
轻敲心扉的石阶
沿阶而上

笛声悠扬

如艳丽的丝带
捆住入梦的欢喜

几枚翠绿的小脑袋
按捺不住
探出桃枝

四

情如琴
爱如蜜
好画如约

纤细的手指
撩拨
鸟的啁啾

春光如网
打捞
好心情

邻家小燕子
穿过雨帘
衔来枚枚红桃

大地母亲
慈爱的睫毛
你的泪珠撒娇

胭脂点点
缀满桃腮
羞涩云朵
飘满日记

五

良辰苦短
季节已过
好景难再

几只蝴蝶
流落红尘
是花的眼泪

聚首缱绻
别离依依
烟头在夜晚点燃

海枯石烂
天涯海角
翔空鹣鹣

跨坐大秋千
荡过其他季节
——还我桃花

远　方

远方，跟在一泓目光中追逐
在草原的脊背上爬行
打包滚烫的名字，名字上的温度
轻轻触摸思念的骨头和根须
躲无可躲，日子被撩拨得已不是日子

思念的苍鹰划过山顶积雪的睫毛
揭翻日历的手，孤单地
在台阶上晾晒关节的茧
没有月亮，失落的夜空是夜空
蟋蟀的叫声有气无力，铺了几层

寂寞的月光后面，还是月光
千里之外的呼唤，蚊足般瘦小
挤过星光闪烁的小径
吻一下照片上的额头
呼吸生动起来，灿烂的微笑飞进窗户

你的欢乐，就有我的欢乐
你的远方，就是我的远方
爱的翅膀，阳光下透明伸展
树伴着树，山伴着山

鸟的欢呼，伴着溪流潺潺
在绿色的放飞中沐浴，涅槃

远方，就是声声无声无息的呼唤
诗歌，就是阵阵无休无止的期盼

春节过后

春节过后，天气
还是冷飕飕的
人们缩着脖子
不过有底气，深信

冷，是兔子的尾巴
长不了。虽然
还是不停地摆动

像离开水的鱼之挣扎
鱼儿离开水
生命就会在挣扎中
逐渐失落

冷，离开冬天
终会在时光流逝中
和人们的信念中
枯萎

人们都这样坚信
都深信
春天的强大和坚定

不可动摇
温暖和花开
正向我们
张开翅膀

风可能也知道
忽然，慢慢地换了腔调
几片残冰
躲在阴暗一隅

等待，另一个冬天
来解救他们

二月的那片雪

他们说我不会写诗
我承认，我的诗歌
还有一片雪的距离

这不，那片雪
就啸聚小楼东风之后
几行小杨树林根部

每天，我爬上楼梯间的窗口
从晨曦初现的江湖行色
到万家灯火的节气失落
一整天一整天和那片雪对话

雪花的数量和耐心
次第减少
逐渐斑驳
终于痕迹全无

或是两只游走世间的土拨鼠
或是两个没有关联的顿号

我缓缓走下楼梯

小区里有点亮
可能拉亮了一盏灯

或者我无意间
擦亮了那片雪

宅　家

仰视云舒云卷于洞天
舒缓的呼吸是我的人生良伴
一些光明的因子跳窗进来
光线穿过蚂蚁的眼睛径直向我走来

光明的因子透过玻璃跃进
黑暗的睫毛打着哈欠被挤出窗外
一丝红色的光焰沸腾我的思绪
激情的燃烧已成定势

再后来，室外亮一尺，室内亮一寸
终于光明与黑暗交换阵地
黑暗栖息在隔梦的洞穴
几只麻雀欢呼着飞过树杈

心灵沐浴着太阳光线之斑斓
日子的韵味与梅花之艳真正开始
院内的清洁工仿佛不停地滚动太阳
桌子椅子在透明中列队于舞台

再后来，黑暗的因子从莫名的远方
倏忽而至，或者原本就潜伏室内

被光明的绒毛覆盖，欺骗了眼睛
目前渐渐坠入陷阱，真相显示颇多

最终回归黑暗，或者事物的本质是光明
暂时被黑暗之翅遮蔽
或者室内事物本就是黑与亮的混合体
只是人类的眼睛欺骗着变幻

闭眼仰卧
远方一头巨兽咆哮挣扎于牢笼
日子就在眼睛开合中飞逝
万物不变，眼睛在光线中适应

站在春天岸边

暖暖的风擦亮眼睛
一转身，绿色的影子闪了过去
有东西咬住了脚趾
清凉凉的水漫过春的骨头
骨头缝里，小灯笼摇曳清新的呼吸
嫩芽的肌肤，弹指可破
舒展在阳光灿烂的网上
亲和一路小跑的温存

从第一枚叶苞的急促心跳
我就知道。春潮漫涌灯光之外
细碎的脚步擂着鼓点
叫叫那些未醒的懒东西
阵脚松动，见势不妙的
场景眨眼之间。一些泪水顺势而出
世界在少女的祈祷，羞涩中透气

远离喧闹的小草，率先
亮出绿色旗帜，旁若无人
地坚定。那样理直气壮
荒漠的尺度减轻一寸。季节
到了。一株小草就是春天

绿色和五颜六色的花朵
次第在我的诗歌出场。一把
将宅家的小河拽了出来

小河沾满青翠的柳须。像
舞台上怪模怪样的滑稽演员
闹腾，撒欢。燕子穿过雨帘
队伍站满两岸，欢迎的歌声嘹亮
按捺不住的欣喜，让嗓子发痒
湿漉漉的希望之箭射向远方
我在一簇油菜里等待，等待
金灿灿的勤快环绕菜园栅栏

听 雨

一

乘坐一片云
着急忙慌赶来
就是为了淋湿那个人吗

殃及路人
匆忙结束酒局
一片狼藉，寻找安全入口

如泣如诉，徘徊于
窗外耳际
穿街走巷，也在寻找某种入口

二

躲在雨帘之后
假寐
雨的声音，在睫毛上跳舞

铺天盖地的动静
就是想

把那人揪出来

一场雨
淋湿多少梦
多少梦的句号

三

云上的人
望着熟悉的窗户
哭着，泪水试图击穿玻璃

雨夜的夜
添油加醋
为某种气氛借势

早晨，太阳像慈爱的母亲
用抹布，去每一家
擦去淘气孩子的涂鸦

四

雨水冲走了记忆
还是冲走了遮蔽
河边的小草，叶子青翠欲滴

大地如绷紧的鼓皮

心情的小脚丫，闹腾
只有听雨的人，才能分辨故事的足音

躲在云中的人
躲在雨帘之后的人
其实，都是藏头露尾于情节

五

只用耳朵
不用大脑
让世界，只有雨声，攀爬玻璃

或者猫在花草根部
陶醉叶片和花瓣，纤手轻叩
或隐居于大海，让海鸥
迎接这些精灵回家

天上的雨停了
世间的雨还在下
那个人换个姿势

大美，鲁雅香

齐鲁大地
慈怀 依然温暖 又敞开
声声唤归
黄河 两岸 无数的精灵
撞击肋骨 头颅 心坎
一只蜻蜓 点查密密的坟头
枯黄的小草托起它的疲惫

几千年 几千年
铸造一枚图腾
土壤 水流 人类
麦穗 油菜花 卵核 大豆
烙印灵魂胎记

牛的皮肤 喘息 张力
乡音的芬芳 游子的梦境
纷至沓来
生生不息的黄色啊

那个男人 大脚踏过黄河
另外一条 给他洗脚

层层叠叠的脚印
密密麻麻的根须
盘根错节的季节
在这片古老的土地
云集 酝酿 发酵 孕育 展翅 腾飞

远方 歌谣飘荡
一株狗尾巴草
也陶醉 一种流泪的幸福

雁阵排空 一只受伤的大雁孤独地
尾随孔子的古老马车
艰难而又有力地行进
亦步亦趋者
走进高大石碑
立于历朝庙堂
子曰
帝王侧耳

氤氲四方
密不透风的国花 争先恐后
豪爽 典雅 芬芳 大气的品格
力透纸背 孩子们也
痴迷那味道
亮灯的邻居家的墙壁
凿一个个洞

八百里水泊 满是酒香
景阳冈上 死了老虎
景阳冈下 死了贪官 死了不义
于是，响了水浒 响了梁山
响了忠义堂 响了齐鲁人
让施耐庵白捡了个便宜

喝一碗壮行
天下无酒
号角猎猎招展

那个男人
撸起袖子走去
黄河紧随其后

生活啊生活

道道身影被煅成
簇簇箭头
穿越
不曾休止的
躲猫猫的场景和
窃笑

追逐的熙攘
夜晚逡巡，白昼亮相
锣声剔着牙缝
哑巴聋子越聚越多
那猴子场里场外
气定神闲
罗锅

故事在大街
如萝卜干晾晒
几十年的泪水
或者汗水
被蒸发，高高的
烟囱上升腾
身体的冷

被煽情的回忆
焐热

邻家小妹美丽的舞蹈
网络走红
全世界嗑瓜子
繁星的孩子吃着雪糕
云朵之外闪烁
安居白云之白
让闪烁安抚
心窝

常梦到故乡的集市
还有小城
熟悉的面孔还在叫卖
沾着泥土的吆喝
还带着露水
惬意于这种乡情
和灵魂
亲和

油渍钱币
卷起年头岁尾的毛边
春节鞭炮
满地找牙的碎片
结果的结局

岁月飞逝
是悲哀还是
喜悦

风风雨雨
一遍遍清洗
屁股下的青苔
容颜在讨价还价中
凋落不再
胡同里跑出的孩子
童音脆亮
喊声爷爷
这是一天最昂贵的
蔬菜

一树叶子，身前身后
不停地鼓掌
诱惑风的姿态
花朵次第绽开
音符含羞攀爬
游走于世界的眉心
背负太阳
在叶子下
凉快

树是我的最爱

我是树的最爱
我们拥抱着感觉
年轮的密集和疤痕
悠悠的厚重和挺拔
品味季节的顿号
和鞭子的火辣
一片白色叶子
在头顶萌发
我将自己，站成
白桦

亲人们仇人们
不约而同
纷纷报到
打个招呼。纷纷落座
向日葵圈起篱笆
圈起太阳
圈起恩爱和争吵
似有定数，又心不在焉
某种缘劫。柿子园里
灯笼点燃
照着夕阳
归家

心也曾被点燃
生长

芬芳于春夏
萧瑟
残破于秋冬
村里村外，城区城郊
田间地头，各展一方天空
在锅碗瓢盆的敲打中
日子过得
都挺好
都挺好

坚守自己的位置
舞一把锄头
耕耘一方热土
辉煌阳光的灿烂
向上的活力令人倾倒
吸收接纳回归的影子
果实，柳絮，麦茬，瓜秧飞舞
还有狂风暴雨，电闪雷鸣
还有思念，初心
地动山摇
在平凡中伟大
在时代里飞翔

河流在流淌
岁月如歌如泣
抱紧根，舒展枝丫

蜗居一汪水塘
包容的心境，开满莲花
任青蛙跳落
任小鱼嬉戏
洗衣服的棒槌
让一河芦苇，一夜
白头

打开一扇小窗
放飞几只鸽子
夜来香的小嘴
亲吻柔软的空气
和柔软的心思
开启一座园
种植生活的美丽和感动
一把椅子，一杯茶
一本书，一行诗
蝉鸣随夏而去
雪花覆盖心境

生活也是一座青山
阳刚之气。顶天立地的姿势
苍鹰的目光和翅膀
高度的寂寞和困惑
白云和白雪的梦想
独持一方白的

傲岸和孤独
无数白天
还有黑夜
肩负起使命和担当
那格局和胸怀
感动世人和
自己

清晨，一股风吹来

眼睛亮暗适应中睁开
一点点，一点点睁开
黎明，从婴儿的眼睛
涓涓流出
柔嫩的小手，伸进复苏的寂静
抚摸着梦醒的清爽
从鸟语啁啾中醒来

天空慈祥，氤氲笼罩
盛满葡萄酒的杯子
红艳艳地
举起我的呼吸
片片枫叶枕边堆积
行行小诗胸中翻涌
如厚厚云层包裹的朝阳
喷薄欲出

一丝亮光
支撑一个转身
转身后的微笑
让万物轻松
梅花三弄

满世界少女的羞涩
从广场舞曲的节拍里
簇拥而出

善的情怀
透明水仙的翅膀
香气四溢
人类从香气四溢里走出
母亲哺乳
父亲牵手漫步
鸽子在溪水里洗着
城乡的争吵
几朵白云
依偎我的窗外

小河清清，沐浴时光
杨柳依依，迎来送往
欢快的水鸟
来自不同的心思
万物都在家乡
生长飞翔
歌声飘过希望的田野
也飘过城市花园
和书房

青春的年华

也是一股风
青春的心
也是一股风
一股股风
来自一个个清晨
吹拂
荡漾

颗颗晶莹剔透的小脑袋
聚集在美丽的清晨
荡秋千，捉迷藏

南仁东

生命的钟
撞得石破天惊
江河动容
世界的眼球
爆了
因为一个民族英雄
中国天眼之父
南仁东

中国射电望远镜的直径
提升到五百米，世界第一
中国的射电天文学
提升到他国仰视的高度
中华民族的自信心
提升到珠穆朗玛的峰顶

德国直径一百米
美国三百米
中国原来二十五米
南仁东设定目标五百米
豪气与挑战并存
挑战所有人的预期

中国，再一次辉煌
大国工匠的发令枪
在贵州打响

他用射电望远镜
聚焦世界的目光
对准中国
聚焦中国的目光
对准贵州
贵州平塘县，克度镇金科村
打造成全国科技旅游胜地，世界级名片
游客每年二十万

世界顶尖科研机构
竞相追逐聘请
而他，远离荣光花环和安逸
五十多个小时的火车颠簸到贵州
在面积十七万平方公里
寻找适合建造望远镜的大坑
在每一个攀爬每一个大坑
花费一个多小时，年迈，艰难地爬行

一九九四到二〇〇六年
在惊心动魄和枯燥无味中
选址十二年
三百九十一个备选洼地啊

世界级，卓越的科学家啊
这些数字让祖国心疼

二〇一五年，查出肺癌
他隐瞒了病情
与生命赛跑
搏击生命的历程
二〇一七年九月十五日晚
南仁东，永远离开了我们

医生说
他不搞这个工程
可以多活十年
他却愿意
用十年生命
去为中国
换一只仰望星空的眼睛

二十二年的时间里
从壮年到暮年
披肝沥胆
去成就国家的骄傲

中国不会忘记
国家的英雄
二〇一七年十一月

国家追授他时代楷模

中国人
永远爱您
敬仰您
中国天眼之父
南仁东

您不在了
您的创造和经验
您的名字和精神
您的艰苦卓绝的劳动
刻在人民英雄纪念碑
璀璨生光
与日月永恒
辉煌我们的祖国
辉煌浩茫的宇宙太空

父亲的脊背

父亲
用竹子的韧性
把村子
从山西洪洞县
背到山东菏泽
从大槐树下出发
去开辟荒芜

脚印里长出
一株株槐树
如夸父的手杖
根深叶茂
我们在槐花里
像蜜蜂飞来飞去

父亲
脚踏黄土
背负蓝天
脊背挺直
苦难和挫折绕道
九曲黄河流淌着父亲的生命
和精气神

汗水和勤劳
滋生一望无际的牡丹
根透八方
香弥天宇
国色天香

父亲的作品成就品牌
父亲的脊背负着国家的荣光

妈妈，我对您说

妈妈，我对您说
我爱您，就像您深深地爱我
我的鼻子、头发
我的心脏，我的双臂
我的呼吸，我的喜怒哀乐
我的我的一切，都是您给予的
都深深地爱您，爱您
如地心岩浆般奔腾、炽热

像根须依偎大地
像小鸟绕飞巢穴
我的我的一切
都异口同声，高呼或者低语
不论白日的奔波
还是寂静的夜里
都在重复一句话
我爱您，妈妈
您就是我的心窝

从幽暗的感知
到世间光明的恐惧
沿着一串串啼哭的召唤

我找到了您
您的肌肤，您的心跳
您的长发，您的乳香
将我孕育 ，包裹，滋养
拽住生命力第一缕温馨
我爬出生命的隧道
您给我第一股甘泉
您给我第一缕阳光
您给我第一次抚摸

用洁白丰满有时干瘪的乳房奶我
用粗壮有力有时颤抖的臂弯抱我
用红润质感有时溃烂的嘴唇亲我
用细腻温暖有时疲惫的心胸疼我
我一点点长大，像葵花追随太阳
我在追随您的脚步，气息，您的欢乐
您的方向，您的目光，您的家园

小河流过大地
月光流过小河
我流过您清亮亮的世界
您用宽厚遮挡世间的唇枪舌剑
您用慈爱融化人间坎坷灾难
我和小树苗一起生根发芽
我和小马驹一起亲昵撒欢
嬉闹在大地的怀抱

奔驰在万水千山
攀爬在您的心间
依偎在您的温暖

地球因生命而茂盛而多彩
世界因生命而蓬勃而感动
这一切都感恩有您啊
大地，青山，河流，空气
您就是孵化万种生灵的千类灵根
孵化生机勃勃的城市和乡村
文明的鲜花绕地球地开放
光彩夺目，香透宇宙，雨后春笋
我感受生命之动人，之茁壮
妈妈之博大，之辛劳
牺牲之伟大，之厚重
世界上最动听的呼唤：妈妈
心底里最渴望的呼唤：母亲

我愿做一个紫茄，蹲在您的菜园
我愿做一盏灯，照亮您昏花的眼
我愿做一根线，穿起您快乐的日子
我愿做一粒米，为您反哺奉养残年
我愿做一缕月光，轻抚您苍老的容颜
我愿做一根拐杖，搀扶您的脚步和蹒跚

人类在延续中体味冷暖

人类在繁衍中感受绚烂
一颗夕阳，托起倾斜的地球
一头白发，呵护儿子的酸甜
妈妈，我对您说
您很伟大，世界都是您的
太阳给您披五彩的衣
月亮给您撑光明的船

妈妈，您是最棒的
您就是我的黄河，我的泰山

父亲之歌

父亲玉树临风，阳刚帅气
从荒芜走来，从遥远走来
气壮山河，步履坚定豪迈
仗一把利剑，斩击猛兽鬼怪
让坤宇安宁祥和，让神州昌盛出彩
执一张犁，开辟绿洲，播种生命
让地球生机勃勃，让世界三阳开泰

父亲是那座高高的山
为家撑起一片蓝蓝的天
宽厚的脊背将天梯铸焊
儿子沿着汗水和血肉登攀
与风雨雪霜较量搏斗
与白云彩虹同行为伴
爬到山顶人为峰风光无限
将山外风景，格局，视野饱览
爬到山顶采摘月亮和星星
照儿读书，照儿远行，照路伸展
石头，岩层是父亲的根根肋骨
撑起儿子的茁壮，前方和脚板

父亲是那条宽宽的河

流淌在乡音缭绕的故园
儿子是游在河里快乐的鱼
层层涟漪是小手在热烈鼓掌
手掌拍红了儿子快乐的童年
伴随清澈透明的水纹沐浴阳光
沐浴鹅卵石，野草的心思和企盼
还有老牛的哞叫，还有放飞风筝的炊烟
圆润明朗的月光也随河水潺潺
随月光流淌的还有儿子的挚情诗篇

父亲是那片深邃广阔的海面
儿子是浪花朵朵，裸脚奔跑绵软的沙滩
大海悄无声息地奔流，孕育神奇的万物
朝海喊一声声喜悦，浩瀚无垠天做岸
云帆点点是儿子的追求和梦幻
海鸥嘹亮是儿子的翅膀和宣言
无言的父爱大海般占据大地
儿子的年华在静水流深中展览
彩虹做桥，季节在收获中奔跑
海的风景海的深沉海的风范

父亲是那块坦荡肥沃的田地
用一张执着的犁辛苦劳动开辟
耕耘一方热土，辉煌阳光的美丽
金灿灿的小麦，大豆滋润黄色的肌肤
洁白软和的棉花温暖岁月如歌的四季

把种子和儿子播在殷殷期盼和希冀中
琅琅读书声伴着鸡鸣晶露随朝阳旖旎
儿子随着柿子树一起摇曳调皮淘气
提着小灯笼，在父亲的田野里寻寻觅觅

父亲是那架犁，耕耘坎坷和荆棘
父亲是那辆车，装满儿子的收获和记忆
父亲是那温暖的家，是儿子的念想和归宿
父亲是那有力的手臂，举起儿子的笑声和哭泣
父亲是那深深的脚窝，在积雪泥泞中蜿蜒标志
父亲是那棵树，招展绿色，为儿子遮风挡雨

父亲为儿子擦泪水，呵护娇嫩和委屈
父亲教儿子学走路，不怕摔打和失去
父亲教儿子学骑车，自行车铃声动听悦耳
父亲教儿子学喝酒，男子汉本色，冲天豪气
父亲为儿子扛行李，送别在陌生的站台
父亲为儿子拿书包，送到迷人的大学里

父亲，父亲，亲爱的父亲
忆着飞逝的年华，望着苍茫的大地
儿子渴望长大，成才，有力
去做家国的顶梁柱，去呵护百花的美丽
去做世界的主人，耕耘，奉献，前行，砥砺
听从新时代的召唤，沿着您的足迹
伴着汹涌澎湃的黄河，长江，中华魂的风采

伴着巍峨壮观的泰山，长城，中国人的气势
仗一把剑，执一张犁
也做一名伟大的父亲，顶天立地

当您老了

当您老了，用小溪的清澈，海鸥的欢声，用万束鲜花
为您，母亲，建一座大房子。面朝大海，春暖花开
让您住进去。每天搀扶您，迎着朝霞，漫步岁月的沙滩
让习习的海风，像当年，您给我梳辫，轻拂您花白的头发
让柔软的细沙，熨帖您酸痛的双脚
大海的潮汐中，您安静入眠，如同摇篮里，您哄我睡觉

当您老了，母亲，置一把摇椅，在酷夏，安放您的疲惫
挖一股温泉，冲洗您几十载的汗水和日光的灼痛
换洗您浸损的毛巾，衣裳，和皱纹
养一群鸡，鸭，抒发您母性的温存
让女儿和他们陪您说话，散步，
一颗颗温热的鸡蛋，滋补您的晚年
像生我养我一样，孵化生动的时光
让蝉的欢歌，带您回归蝈蝈的葱绿

当您老了，母亲，用秋叶的缤纷，为你做被
秋色，秋光和秋的味道，把您环绕
院内堆满粮食和菜蔬，它们定会和您亲昵
我帮您记录，拍视频，发朋友圈
发给您想发的人，如同乡村中串门唠嗑
也可以，把美丽的，现代乡村秋景

挂满小屋，不过要做些标识，怕您，找不到故乡的路

当您老了，母亲，大雪封门，熄灭火炉，暖气中过冬
没有灰烬，杂草的污染。洁白的雪花涤荡您的器官
您可以，躺卧沙发，听着北风，呼号于遥远
享受宁静，温暖和女儿，亲人们的呼唤
您不再是独自寂寞地熬过寒冬
我一直陪伴您，柔和的灯光，明亮而又温馨
遥控器上变换节目，欣赏生活的精彩
让渐行渐近的鞭炮和春联
迎接亲人的脚步，让您的世界欢欣而又充实

森林 森林

一棵树从藻类苔藓里长出骨头
一棵树蹚过血与火的生命河流
一棵树穿越伤痕累累的战场
一棵树荡过千百年的雨雪风霜
一棵树用泪水浸泡汗水里的执着和勤劳
一棵树在另一棵树的抚摸下依偎风景
一棵棵平凡而又不平凡的树从地球之心
从天涯海角，从四面八方汇聚
森林森林，黑黑的森林，绿绿的森林
在生命的呐喊中，参天而立，巍巍如山

鸟声托着阳光的绚丽缓缓滋润飘逸的叶片
透明的呼吸透过美丽的秘密在周围耳语
少男的英气少女的纯洁在绿荫深处敲敲打打
一个生命拥抱一个生命激荡的音符袅袅娜娜
苍老的慈颜擦亮白莲花的精气神佛号喧天
轮回在树的季节更替中刻画圆形路标碑文林立
众多神仙和生灵拖家带口安营扎寨熙熙攘攘
灵魂摆渡五颜六色山川湖泊昼夜兼程众说纷纭
森林森林，黑黑的森林，绿绿的森林
在生命的感恩中，茁壮宏大，包容似海

温柔款款摧枯拉朽狰狞狂笑的风不约而至
抚摸战栗撕扯衣衫褴褛或者粗暴拖拽发丝
密不透风横眉冷对严阵以待众志成城我行我素
手牵手肩并肩扛起家园和巢穴射落虎头蛇尾
我中有你你中有我血中有泪泪中有血同一片蓝天
雨水冲刷尘垢雪花美丽年华盘旋四季歌谣翻飞
直挺挺的腰身父亲般坚守位置扛起安详和期盼
弯腰搂抱弱小母亲般深情护卫滋生勇敢和思念
森林森林，黑黑的森林，绿绿的森林
在生命的搏杀中，无私无畏，情深义重

闪电舞着金蛇雷声撼动河山的定力和气度
击穿沧桑的演变和历史的风云直播再现
烧焦渴望的眼睛和生灵的茁壮葱茏更新换代
牺牲和滋生孕育生命的坚韧不拔和无坚不摧
头颅叠加头颅风雨同舟中无所畏惧所向披靡
岁月的岸边百花齐放享受王国的自由和徜徉
将生命的多彩多姿昂扬的斗志和精神布满世界
力的舞蹈爱的旋律创造着提升和挺拔的高度
森林森林，黑黑的森林，绿绿的森林
在生命的进程中，吐故纳新，勃勃生机

雪花飞舞在季节

一把铮亮的镰刀
收割了金黄的麦浪
收割了一年的劳作和梦想
蓝天白云飘浮天空，悠荡
季节到了，飞舞吧，雪花

带着麦茬，带着古老的厚重
田野又老一岁，舔舐伤疤
舒展在雪花里，休养生息
为了下一年的好收成
季节到了，飞舞吧，雪花

大地上，屯满了大囤
装满父母手脚的老茧
装满爷爷奶奶的咳嗽和眼睛的浑浊
装满大雁南飞时的一声嘹亮
季节到了，飞舞吧，雪花

灯光交出黄昏
黄昏交出迟缓的脚步
诗人交出耳朵，世界交出喧闹
听雪花飞舞的声音

季节到了，飞舞吧，雪花

雪花飞来，飞来，飞来
熟悉的，陌生的，似曾相识的
美丽的，晶莹剔透的
朦胧的月光轻手轻脚，紧随其后
童话中的鸽子，公主的欢笑，飞来
季节到了，飞舞吧，雪花

我的心情也飞起来，随着这洁白的精灵
随着这清澈明丽的世界，飞起来
在大地奔跑，印下欢快的脚印
在天空飞翔，扇动星光的翅膀
玉蝴蝶飞吻这个世界
季节到了，飞舞吧，雪花

太阳安静了许多，收拢锋芒
让心恬静。花草虫鱼
连同狂躁的冲动，安静下来
佛号漫天，台阶一片祥和
季节到了，飞舞吧，雪花

妙龄的身姿，走向清澈的湖泊
沐浴更衣，一身缟素
琴声，心性，呼吸，都是洁白的
天地同色，万物同心

都是为了迎接这些可爱的天使吗
季节到了，飞舞吧，雪花

山峰枕着河流，眯着双眼
蚂蚁爬过幽暗，雪之光亮
斜靠那棵闪电之树杈
一切霹雳声响，细微的呻吟
都被这雪花覆盖，美丽生动的雪花啊
季节到了，飞舞吧，雪花

雪花飞舞的地方，就是灵魂之家
不用着急回到房间
不用躲避，不用任何遮蔽物
抓一把雪，洗掉过往的尘土
世界装饰一新，让您安住
季节到了，飞舞吧，雪花

整个世界，铺上银白色的地毯
树枝，麻雀，幅幅写意画卷
目光和道路被拉长
温暖和炊烟都猫在村庄
小黄狗追着饿急的黄鼠狼
季节到了，飞舞吧，雪花

任雪花轻吻脸颊和心扉
柔和的光亮，慢慢打开大门

心可以在自己的台阶攀登
一盏街灯，一盏街灯，次第擦亮夜晚
陶醉于雪花飞舞的身影
雪花悄然而至，占据地球还有我的心
季节到了，飞舞吧，雪花

漫天的玉蝴蝶，踏歌而来
风，卖力地清理舞台
飞鸟藏起翅膀，洁白的雪花飞来
雪花迈动碎步，梦幻般飞临
母亲和孩子握住一片片雪花睡熟
六瓣的美丽，睡梦中竞相开放
季节到了，飞舞吧，雪花

一片雪花，迟疑一下
三四片雪花，蜂拥门外
十几片雪花已叩窗而进
翻阅天地之书，扉页已被占据
漫天的玉蝴蝶呀，等待诗人的传唤
季节到了，飞舞吧，雪花

没有雪花的冬天还是冬天吗
一条小河，一座木桥
一座小屋，一盏灯火
还有我的心情，都成了季节的花朵
无数的玉蝴蝶围绕扑打
季节到了，飞舞吧，雪花

草原心情

一道绿色闪电
扑向，铺向
遥远的目光所及

奔跑的绿啊
向我点点头
以风的姿势和品质
席卷而去

翻飞的马蹄，嗒嗒作响
此刻，正雨点般敲击
敲击一面大鼓
我在里面闭目打坐

一把揪住竖起的褐色马鬃
握住褐色的飘带，褐色的火焰烧起来
飞起来

越过绿色喷泉的高度
跨过道道不期而遇的栅栏
像那些洁白的羊群
躲在绿色深处，猫起来

洗个澡，打个滚
呼哨一只信鸽
穿越蓝天白云的蓝和白

然后，按住心跳和呼吸
等着熟悉而又新鲜的气息
靠近，飞临

此刻，绿色火焰燃烧中
渴望烧成灰烬，定居在绿色根部

根

像婴儿抱着母乳
紧紧抱着那块土地
眼睛紧闭
用心照路
脚丫向温馨的未知
伸展

一群夜的孩子
在黑暗的河流上
游泳
黑色的肌肤
依偎黑色的肌肤
传导温暖
还有执着的
信念

颗颗纯朴的心
不染尘垢
如同颗颗舍利子
擦亮夜的眼

夜的钢琴曲

鸽子群灵动的羽毛
童心荡漾的白莲花
朵朵绽放
飞翔云端

头颅交叉
手臂攀缘
牢牢托起嫩细的
或者粗大的
或者老态龙钟的
树干
让叶子季节翻卷
让果实累累饱满

让生命
拽住根根阳光
荡秋千
默默坚守于沉寂
任头顶的脚步声
嚓嚓向远

我的大海

大海的大，大得不可想象
大得没有一个量词匹配她
大得浸润漫涌天地间所有的缝隙
大得我们立足的土地变成一小块陆地了
大得连绵的山脉变成一条线了
大得地球上到处是晃动的蓝色
大得人类都像蚂蚁般蠕动，甚至
可以忽略不计
我的大海来了，包容
一切的一切的大海
来了

我的大海起初来自课本
我的大海起初来自电视
我的大海起初来自想象
我的大海起初来自梦幻
我的父母没有提到过她
我的乡亲没有谈论过她
我的伙伴从这个村庄
辗转邻近的一个村庄
都不知道她的存在
终于，有一天，在青岛

我的大海来了
带着心灵深深的震撼
来了

我的大海来了，漫天海鸥
漫天激越的音符
漫天凌厉的翅膀
漫天狂欢的旗帜
漫天激情的火焰
漫天风雨雷电的前奏
漫天生动活泼的飘舞
我的大海来了，吞没
一切的一切的大海
来了

我的大海来了，层层叠叠的女性柔美
拥抱礁石，拥抱挺拔，拥抱苍劲
我的大海来了，浩浩汤汤的男人风范
冲刷世界，冲刷纪录，冲刷荒芜
密密麻麻的鹅卵石，海星星，虾蟹虫鱼
密密麻麻的名词，动词，副词，形容词
爬上脊背，爬出谜语，爬进阳光
沙滩亮相，沙滩整装，沙滩亲吻美妙时光
随莲花绽放，随雪花飞扬
随四季绚丽，随天地生长
我的大海来了，我的父亲，母亲来了

我们都是沙滩迷宫里的孩子
牵着她的衣襟步入辉煌

我的大海来了，悄无声息地来了
她的温柔，她的平静，她的慈祥
将我的灵魂抚摸
将我的梦幻抚摸
将我的伤口抚摸
将我的欢笑抚摸
那是一种刻骨铭心的抚摸
喧嚣的声音在抚摸中透明清澈沉降
我的大海来了，温情款款地来了
修复所有的裂痕和伤感
我的大海来了，我抱紧她
抱紧我整个人生，整个生命
我的大海
来了

我的大海来了，波涛汹涌地来了
她的豪放，她的宏大，她的深邃
在流星飞逝的翅膀上来了
在狂风席卷的箭镞上来了
在雄壮乐章的额头上来了
在璀璨辉煌的小嘴上来了
麻木昏睡的岩石苏醒了
荒芜干涸的沙漠茂盛了

罪恶腐败的欲望吞没了
凯歌正义的树木成林了
我的大海来了，世界力的聚合来了
造福人间的澎湃来了

我的大海来了，一望无际地来了
睁大眼睛，也只能
看到她微不足道的一角
但她确实来了，把我抱起
放在碧波荡漾里洗澡
放在风起云涌里展帆
放在变幻莫测里鱼跃
放在安详平静里放牧
一轮升起的太阳
霞光万道把我们照亮
我和大海融合一起了
我的大海来了，霞光万道地
来了

大海就在我的身体里
噢，我的大海来了，来了

感觉四季

春风的长发飘飘
拂过悠悠寸草的睫毛
战栗一下，小蜜蜂在空中划过
眼睛明亮在花蕊里
亮得人慌慌的，躲了起来
芳香把眉毛弯成麦垄
微微的小嘴吹拂
田野里弯弯的绿荡了开来
嗓子发痒
隔壁的女孩子咳了一声
柳絮追着声音的尾巴蜂拥而去
沿着柳树的枝条追到夏天
的蝉鸣，气温击穿了雨幕
燕子在雨丝的迷乱中
把柳条和蝉鸣拉得很直很细
夏雨滑润那女孩子滚烫的脸庞
鸣蝉飙泪
憔悴不堪的落叶
在秋的狂野飙车
蝉鸣和柳絮都躲进雪花
依偎大地的胸膛撒娇

冬雪蒙上的小窗
梦模糊成寒冷的珊瑚
小龙女的眼神，和寒玉床的凉
眼睛注视着眼睛
气息感应着气息
蝉的唾液和麻雀的窥视
雪野里欢聚，节日气氛
从孩子的欢笑中逼近

月牙在冰层下萌发
蟋蟀的歌声串起
一个个有烤肉味道
火焰的红和娇羞的表情同一个底版
有发丝轻掠过
脖颈的味道发白
有鲜艳红唇
和香皂味道的夜晚
就那样弥漫于邓丽君的歌声
从指间轻盈飞升至遥遥无际
惊世骇俗
雕刻的年味和率真浓浓地洋溢

回忆母亲

炊烟袅娜，像母亲的蓝布衣衫飘动
饭菜的香味，一泓深情的关切
母亲阳光般的微笑，满天莲花

清澈的水里流淌，开放
我的小脚丫很有力，母亲说
蹬翻了她的目光

我的乳名，开始在乡村流通
鸡鸭猪羊，后来还有牛
啃食我童年的欢快
母亲倚在门框——
唤我们回家

小院里挂满四季的风景
昏黄的油灯下
母亲纺纱
我在写字
小老鼠在偷粮

剁草，刷锅，母亲总是第一个起床
乡村的日子简单中有滋有味

庄稼地里穿梭，蚱蜢，小桃树
早晨的霞光，黄昏的金黄
母亲牵着我的手，播下希望

童声童趣
在泥土里孕育，生长

我的家乡

我的家乡
不大的村落
黄土地的怀抱
很紧

夏天在凉爽的
井拔凉水里
冬季在温热的
庄稼秸秆的篝火里

春天绿色
秋天黄色
田野里流淌
还有五彩缤纷的芬芳

我的家乡
井然有序
母鸡下蛋
公鸡打鸣
各司其职

它们不拉鸡屎

只生产肥料
叫二狗的或某个生产队长
也不会犬吠声中，去敲寡妇之门
那些破事
只存在于某些阴暗文人的构思

无论过去穷日子
还是现在富足时光
笑声
健康爽朗，酣畅

村口巷尾田间相遇
十二分地热情
问候致意
带着土地的质朴和宽厚

都大声说话
都是自家的院子
关起门来
都是皇上

即使有些鸡毛蒜皮
磕磕绊绊
都在一些烟熏火燎的说和中
在烟囱里散去

猪羊鸡鸭鹅
和谐，也很自由
可以陆地信步溜达
只要爱护家具和树木

也可以随便
去哪个池塘游泳
就是别把蛋下到河里
让女主人心疼
也让游泳者惊喜

人们忙着种地挣钱
为亲人吃饭穿衣而操心
为儿女前程发展而奔忙
有滋有味，有奔头

慢慢发展了
都去城里打工
或者当老板做生意
村里慢慢空落了

中央有通知
美丽乡村工程开始了
牢牢记住家乡以前的样子
不知道会有多大的变化

梦里，现实里
以免找不到回家的路
身在村子里面
还在着急地打问

童年岁月

一缕缕炊烟，青色
饭的香味，润喉
母亲在大门口张望
小猪小羊小鸡小鸭
很乖，也加快脚步
回家

呼唤在千里之外
那双手，攥着一角天空
《西游记》《封神演义》
天兵神将，墙豁口外招手
煤油灯下集合，嬉闹

母亲端一盏油灯，披衣而来
掖好我的被角，我睡得很香很暖
麦秸窝里枕着手臂，过冬
暖暖的阳光，照射窗户上的报纸
呼啸的北风，墙根几个胆大妄为的歹徒
商议偷袭高高树杈上的鸟巢
墙外，麻雀旁若无人地发议论
噪声很大，也睁不开惺忪的眼

二胖，三臭和狗蛋
掏鸟窝，鸟蛋碎了，打湿了争吵
桃树结满桃子，还很青，还很小
小虫子和目光就开始钻来钻去
咸鱼让日子有滋有味
让人多喝几碗井水
喝得急，嘴边流出许多
打湿了我身上，哥的衣裳

窝头里偷放些熟棉油
再放些食盐，结果
匆忙中放成玉米糁子
肚子在诱惑中，全神贯注
母亲用叹气
冲洗我脸上的泥巴和尴尬

拽掉树杈上同伴的裤衩
他的尿液疯狂报复
躲避不及的，夏天都是童子尿味
但浇不息蝉鸣的歇斯底里
星光闪烁的夜晚，睡在露天瓜园
几点露水，还以为是同伴的尿液追杀
不过，据说童子尿是很有营养的
树上的叶子，田野的庄稼也翠绿许多

生产队牛屋里，挤满了熟悉的面孔

抽着烟，烟雾缭绕，煤油灯光更昏黄
扯不完的故事，生动而新奇
像奶奶的纺车，扯不完我的呵欠
乡亲乡情乡音，母亲怀抱里温馨
乡亲见面打招呼，你给我提水
他给你酱油，一家人般嘘寒问暖

一个亲友去世了，怀念

一个亲友，突然去世了
熟悉的景物，亲切的镜头
还在和自己亲昵，切换

就像每次相聚后的分手
拐过街角，就不见了
我忙走过街角那儿，去寻找

街角那儿，那条河
那棵曾避过雨的树，还在
可，没有了那熟悉亲切的面孔

不甘心，赶往下一个街角
那个畅饮过的小酒馆
也被拆除了

一座漂亮的大楼
若无其事地站在那儿
有个慈祥的长者，在抽烟

也许，失去的永不会失去
总会用另一种方式，和你再见

我的妹妹

我的妹妹，很能干
记得，小时候
一棵树一棵树
捡蝉壳，去换钱
为了给上学的我买件褂子

现在的妹妹，在济南打工
说是，自己当老板很操心
习惯于被领导，挣工资
打工也有打工的技巧和能耐
勤劳和智慧可以占据一切

就说，穿羊肉串是个简单的事
妹妹穿得均匀，又出活
老板辞退好几个
唯留下她包揽所有的穿串工作
原来穿一串八分钱，现在一角
妹妹竟然一天能穿三四千串

妹妹一天能挣三四百
一个月能挣万元左右
妹妹听着歌，疯狂地劳动

有时，累得直不起腰
望着能干的妹妹
和惊人的劳动量与收入

我真不知道
是应该骄傲，还是心酸

老家的老屋

老家的老屋
早被亮丽的楼房淹没
雪冬黑夜的酣梦里
常抱着睡熟
厚重古朴的油画里
油灯照着回家的路

老家的老屋
土墙满是藏着秘密的裂缝
老鼠在天花板安家闹腾
古铜色的抽屉好似百宝箱
院中一棵枣树，三棵榆树
一根粗粗的绳子晒满衣裳

老家的老屋
祖辈，父辈都在那儿居住
土墙体发黄，简单丑陋
大田里的庄稼秆细若蚊足
一年春节仅一次煮肉，香气真好闻
家里包饺子，涎水涟涟，焦心等候

以前的冬季很冷

屋檐下，垂着粗大的冰凌
衣服很薄，挡不住猎猎寒气
躲在老屋里，缩脖，缩手
手足冻得肿肿的，黑黑的
找不到放的地方
只有老人的胸口

走了很远的路
走不出老家的老屋

黄土地，黄土地人

坦荡无垠
海样广阔
托载密密麻麻的村落
托载密密麻麻的黄土地人
托载黄土地人
生的欣喜，庄严
死的悲伤，肃穆

怀抱黄土地，随手一抓
就能攥出满把满把
腥腥的，黄土地人
勇敢的血浆勤苦的汗水
就能攥出满把满把
咸咸的，黄土地人
辛酸，挣扎，奋斗，成功的泪花
就能攥出满把满把
植物的叶秆
动物的躯体
还有世代黄土地人的骨灰

汗水再浇在这里
泪水再沉淀在这里

黄土地里长满高楼大厦，葱茏繁华
黄土地里长满日月星辰，奇迹梦幻
长满黄土地人勤劳的历史
善良的村风，淳朴的乡音
长满粗细交织、缠绞支撑
生机盎然的根须

黄土地就是黄土地人
黄土地人就是黄土地
黄土地滋养了我们
我们的生命与创造融入了黄土地

出远门的兄弟
装一把黄土吧
里面有祖辈父辈，有我有你
你的人生将永不会失败
因为你不仅是你自己
你的一切都是机会，都是开始
五千年炎黄子孙滋养的黄土地
会催生一个个不一样的你

只要有水，有土，有血，有生命的一切
都是我们的姐妹兄弟，都是黄土地
立起是山，撑起浩茫的宇宙
躺下是地，让万物之魂栖息
放飞太阳，种植月亮，散播星辰
我们的心永远浪漫，向上，踏实

我的堂兄

平原上，河流是蜿蜒的藤蔓
散落的村庄好似宝葫芦
河水随着岁月苍茫奔流不息
宝葫芦装满无数的故事和秘密
不知怎的，我的堂兄
让我挂念，让我唏嘘

我的堂兄，眼睛乌黑有神
人很热情，像黄土地的六月
需要帮助的人都能找到他
附近的漂亮姑娘也乱了心
否认承认的心忐忑在夜晚
他进了别人家门
狗都不咬他
很多小伙很是忌妒

我的堂兄高高个，腰板直
像挺拔的白杨树透着精神
双手可以提两大桶水去浇地
生产的粮食缸满囤尖
很少花钱，就是临近的集市都很少去
是过日子的好手

村里的人，连忌妒的小伙都竖大拇指
十里八乡出名

我的堂兄嗓子很响亮
唱得歌能惊落高空展翅的大雁
妙趣的打诨，很有人缘
让一个村上都喜气洋洋的
就是对媳妇脾气暴
堂嫂有时被打得鸡飞狗跳的
打得没有了结婚时的幸福感
眼泪汪汪好几天

终于，我的堂兄也老了
昔日明亮的眼睛浑浊一片
挺拔的腰板，也佝偻如一棵歪脖子枣树
又突然精神失常
与小孩子抢东西
与女人们纠缠
告状的多了，生活的艰辛中
堂嫂的耐心也渐渐失去
先是大声训斥，最后
愤怒地用棍子追打

终于，我的堂兄躲进了黄土
还是难逃闪闪晃动的棍影
他痛苦地挣扎着，大叫着

嗓子还是那么亮
我远在他乡还能听得到

小年夜回乡

故乡
还蹲在孙老家镇的北边
一片空旷田野中

顺着曹六中旁的一条乡间小路
（现在铺上了柏油
十三至十五岁时
去六中上高中
天天在上面行走
手捧一本书
回家路上边走边读）
车灯的照射下
一点一点逼近
终于
把她找了出来

远方眺望
树木掩映下感觉不大的村落
一切都似乎老样子
可身居其中
走不出错落的门户和街道
走不出问候

和回忆

原来的老屋
翻修一新住着堂弟一家
旁边住着秀山哥
还有大堂哥的儿子
大堂哥已不在五年了
漆黑里
我在追忆小时候的模样
及那些屋子里的灯光
和熟悉又陌生的灯光照亮的脸

村后原来是片洼地
伙伴们经常玩耍的乐园
现在一个人也没见
栽满了树
已有碗口粗
也不知道是第几茬

原来生产队的菜园
我常替爷爷看护的
耸立着一片高高的院落
住着有些生疏的后人

有人在放炮和烟花
春节的味道还是很浓

街口几个归乡的年轻人
快乐地说笑
常在太阳下晒暖的老人
又不见了几个
母亲也是这一日离世的

我匆忙逃离
感觉自己是过客
或者是一个
不受欢迎的侵略者

回城还是沿着那条来时的路
两旁的村子不时响几声爆竹
明显有些稀落，像城里人的热情
路上经过小时候抓过鱼的小河
小桥处，镇里建了个水闸

城里还是楼高路宽车水马龙
长长的在红绿灯那堵着
我也匆忙加入里面

村头的古柳

他，慈眉善目
肌肤皴裂
立在那儿
近百年了

穿梭于光阴荏苒
又似乎，一切还是老样子
树下的老井
黑发的黑在苔藓上逝去

一只流浪狗捡拾着东西吃
对周围的事物
熟视无睹

来来往往的人走过
感觉，还是那缕缕阳光
恐怕那些阳光
已经离开，很远了

阔别五十年，我回来了
紧紧拥抱古柳
很激动，眼含热泪

古柳面无表情

只是，他的一片靠近天空的叶子
不动声色地动了一下

杨巴儿狗

杨树，是第一批向春报到的
派出的花朵，褐色
阵容也算齐整，就是过于朴素
常被忽略于春天门口

长长的碎花
像粘在枝条的假胡须
古里古怪的

刚在春风里亮个相
一眨眼，就
跌落戏台。小演员
或者滑脱巢的雏鸟

又像可怜巴巴的虫子
满地乱滚
似乎拱奶吃

春的袍子都拱破了
绿的草
五颜六色的其他花朵
抖落出来了

土地一样色彩的杨巴儿狗
去大地深处，闹腾去了吧

初冬印象

一个身影从北方逃来
躲在芝麻干枯的茬
窸窸窣窣，发抖

棵棵小草，竖起耳朵
听动静
一阵风过后
绿色和花朵藏了起来

冬青和松柏
还有黄杨，女贞
打了个寒战
但还在坚守绿色阵地

一条蛇，考虑一下
最后找了一小块田地
悄无声息地
潜伏下来

在高处招摇一年的杨树叶子
收起手掌和旗帜
纷纷聚集于树根部

抱团取暖，还在争吵某种提议

收购站的大门，被冬季风
吹的动静很大。不过生意很兴隆
旁边的一位老人在打太极拳

田间小路交织小虫出走的痕迹
消失于神秘的嗓子沙哑
一页蜻蜓的翅膀，倚靠一株蓖麻喘息

只要风不来闹腾
世界还是很安静的
安静得能听到
各行其是的足音

一切都在郊区的小河边
交换着眼神，悄然发生
水鸭子，很有精神地扎个猛子
晃了一下身子，抖掉水珠

城市街道上的汽车
广场上的舞蹈
把冬季的大门撞得东倒西歪
我戴上口罩

戴上手套

穿上羊毛大衣
出门去看看热闹

交　出

让舌头交出语言
让花朵交出春天
让燕子交出柳丝和雨帘
让诗歌交出我

让蝉鸣交出夏天
让月亮交出洁白
让麦子交出土地
让我交出你

让石头交出大山
让水流交出江河
让日记交出岁月
让白发交出父母

让奔马交出草原
让莲藕交出淤泥
让汗珠交出脊背
让牺牲交出先烈

让小屋交出雪夜
让光线交出灯盏

让啼哭交出婴儿
让黄狗交出亲昵

让村庄交出平原
让失眠交出夜晚
让思念交出爱
让咳嗽交出爷爷

让交出交出交出
让我交出什么，亲爱的

午茶案件

小小的飞蛾，
神秘的不速之客
也许下意识

犯了致命的错
我的茶水
涂抹了改正的机会

轻轻松松的
一杯午茶，竟然
涉嫌案件

飞蛾似乎是自杀
没有挣扎的痕迹
近水楼台

茶水连同飞蛾倒掉
微小到，埋葬
无从下手

浪费了我的一杯茶
污染了愉快的心情，可飞蛾

用生命道歉，阳光照得有些沉重

我也想做点什么
不了解飞蛾的语言
只有再倒一杯茶，倾在地上

乌鸦的眼泪

乌鸦的眼泪是黑色的
滴了一滴

一缕光亮
姗姗而来
啃食一根蜡烛

蜡烛噙着一滴红色的眼泪
敲打我的台阶
我看到了那只乌鸦

几种动植物的泪水
掺和在一起
墨迹点点，一些蝌蚪
发出动静

乌鸦的泪水
是黑色的，我认真看了一眼
像扎进身体的一根刺

我用一根刺
扎进另一根
乌鸦嘎的一声飞走了

等 待

一个人怕掉入湖里
就在湖底行走

湖底的淤泥都干巴巴
咧着嘴，傻乎乎地嘲笑某些事

水都存在鱼的眼睛里
鱼在鱼的眼睛上游动

没有水的湖还叫湖吗
没有水的鱼还是鱼

水可以改变湖和鱼的命运
湖底人的命运谁能改变呢

那条鱼，一大早就在岸边
等待一个爬上岸的人。吃它

笑的传染

一个小姑娘
轻轻吹着飞舞的柳絮
忽然笑了一下
牙齿碎玉般好看
我不由得也笑了一下
旁边等车的一位老人也笑了
渐渐微笑波荡开去

绿化带的一棵牡丹
也忍俊不禁
笑得面靥
层层波纹充分舒展
一改端庄持重之相
身子打战

油菜花

一面面小小的金黄旗帜
争先恐后地
爬上春天的城堡，秀萌
引发蝴蝶，蜜蜂
和惊羡的目光
排队登记入住

风是金黄的
味道是金黄的
脚印和照片是金黄的
背景和人物是金黄的
绿色海洋
漂浮一座金黄城堡
城堡的主人理所当然是我

我在金黄色的领地美美地眯了一觉
闹钟和敲门声一直响个不停

一只电灯

拉下开关
电灯就亮了
屋里就亮堂
世界也会多亮一点点

再拉一下开关
电灯就灭了
屋里就黑了
世界也就多黑暗一点点

灯光，对小屋
对小屋里写诗的我
很重要。对世界的影响
则可以忽略
忽略不计

不拉开关，电灯
就在黑暗里
静静地待着
等待一个发光的时刻
和一只拉开关的手

白昼，电灯很郁闷
作用，感觉无关痛痒
亮灯，充其量
只是晃动一根弯曲的丝线
被太阳吞下肚去
太阳，挺着大肚子
还在寻找目标

尴尬的事情发生了
主人忘了关闭，离开了
他就无声无息
流淌于钟表的嘀嗒声
瞪着布满血丝的眼
打着哈欠，叹息

叹息声很响，也很远
但主人耳朵听不到
他去忙别的事儿了
白昼，人们往往都会忽略一盏灯

左耳突发性耳聋

左耳
突发性耳聋

市医院专家说
神经性诱因
开了一堆
营养神经的药

省医院专家说
鼻炎的涎水堵塞耳道
开了一袋子
治疗鼻炎的药

北京的专家说
血管栓塞
治疗方案
保护好健康的右耳

看着医院墙壁上
一个个专家特长简介的说明
左耳忽然好了
清晰地听见一个声音说：“骗人！”

习 惯

用写字板，把用过一面的白纸
集合。在另一面，写满诗歌和灵感
像父亲，在荒废的田地种菜

珍惜每一张，能写字的纸
像父亲，珍惜每一寸田地
当书写的诗歌，保存于电脑
我会把完成使命的纸张
轻柔地撕碎，恐怕上面小小的精灵
遁去。都是自己心里流淌出的文字啊

我被一支笔，这些纸片激动着
我的亲友，还有生动的故事
在这里集合，出发
把世界铺满嫩芽和阳光
种植蔬菜，大米和浪花
放飞鸽子，海鸥，风筝和欢快的脚步

幼时求学，很清贫
在废旧的书本上写单词
如同岳飞在沙子上写字
我成了一名英语教师

岳飞则成为传颂千古的将军
勤奋和执着是强者流通的金币

现在，虽然能买得起好多漂亮的纸
但，还是舍不得丢弃这些用过的纸
歌颂领袖，先烈
抒发亲情，友情
在感恩中集合
在奋进中奔跑
大海舞动千万朵涛声

我为自己发个奖
请您，为我鼓个掌吧

元宵节，那彩灯

树上布置的彩灯，星星，向日葵
那缤纷就顺着夜色往下流动
那缤纷就在树梢猫着，做鬼脸
把人们的脸色，映得阴晴不定
变幻的美丽浪花，心里荡漾

青年湖的元宵节，青春少女般魅力四射
沿岸一带黄色的灯光，大片大片的向日葵花瓣
纤手拨动湖面，油菜花般长满畦地
成群成群的小蜜蜂
向远方舒展翅膀，争先恐后的孔雀开屏
随着广场舞，欢快的舞步，倩影翩飞
轻轻依偎，轻轻呢喃，还能做什么呢

幸福是很难表达的
也不用表达，像彩灯闪烁湖边的情侣

累　了

放下一些
雪莲花的香气
躲在草根下
猫一觉

让白云找不到
让海鸥找不到
土地的味道
很舒服
猫一觉

不再耕耘
不再播种
放下一些劳作
在诗歌里
猫一觉

一些不知名的小草
随便地点点头
同意我内心的想法

和一首诗对峙

高高的平台上晾晒
饲养仰视的目光
在四季的窗口

清澈的河水
歇脚于两条河之间

一只小虫，骄傲地
用柔软
抚摸啄木鸟的啄
尖尖的硬嘴
跌落一地

那诗人
行进于意境高远
模糊了我的想象
世界崇拜于
模棱两可

能释疑解惑
是最高深的哲学和最低俗的生存

那首精品诗歌
与发愣的我对峙着
直到棋友喊我
才打破僵局
和尴尬

郊区田野板房里的老人

临城岸线的一片田野
插满了标杆，叠放水泥管子
据说将要开发。黄昏和黎明
一天天忙于闭合和开启光明的通道

它的中央，立着一座孤零零的板房
一位孤零零的老人，拖着一条孤零零的腿
躺在孤零零的床上

暮合四野
也把这一切闭合在里面
老人日夜的咳嗽和喘息声
很倔强，杀出某种重围

三个儿子，一个女儿，轮流送吃的
可惜不太及时，暖瓶里竟是凉井水
“他们都是让我喝凉水”
老人亲人般拉住散步偶遇的我

我买来一个收音机
几个煎包和一杯豆浆
又放了一些钱，老人泪水流满腮边

他开始寻找收音机和我的脚步声

再后来，我就离开，去了济南
再后来，那片地方已经耸满高楼
黄昏已被繁华的灯光赶跑

得到丰厚赔偿的儿女们
是否善待那位断腿老人
虚构的小说可以多种结尾
断腿老人的结局可能唯一
想想脊背发凉

也许某种无奈和无助
像蛇一样，悄然爬临路边草丛

那狗，半夜叫了

那狗，似乎发现了什么秘密
又似乎动机单纯，为了点缀乡村的夜晚
那狗叫了，声音很有节奏，在村庄上空盘旋
黑暗笼罩下的村子
那狗的叫声，是一根拐杖
引你找到灯光
或者引来灯光
让村庄的情节发生变化

黑暗的黑使眼睛失去作用
这使有眼睛的人类很恐惧
狗怎么样的想法，无从查考
不过，恐惧的人类
黑暗中，对狗的叫声
产生了信任
这不，这位归乡人

狗的叫声
给他一根拐杖

钥匙去旅行

钥匙，随主人去了远方的城市
三十六个红绿灯处
从口袋里溜了出来，迷路了
城管忙得很
不屑管这种鸡毛蒜皮的事
数不清的电动门，电梯门
闪着灯光开启
与按钮有关，与钥匙无关
英雄无用武之地
钥匙很是失落

后来，城市的栅栏是一个不可逾越的高度
它索性生长在小区的角落里
每天早晨傍晚跳广场舞
乐不思蜀，小日子挺舒坦

故乡的锁，心如止水
等待主人撤退的命令
几十年如一日般坚守
门板蚀烂了
锁芯锈住了
各种蛊惑张网以待

可锁一脸凛然
让任何心怀叵测者止步

邻里的小鸡，小羊，小狗等
从院落的土墙洞里自由出入
使锁的防线形同虚设
荒草丛里，他们很胆大
也很惬意
吃东西，随地大小便
睡懒觉，兴致盎然地交配

与主人有关的痕迹
只有他的名字了
在古铜色的桌子上
厚厚的尘土下的家谱里
和家族的所有成员亲热

拆 迁

挖掘机开过来
有些理直气壮
动静有些大
隆隆的轰鸣声
预示着
城市将有大事发生

不可一世的头颅
伸向居高临下的
狰狞

成片成片的房屋
捆着四蹄
待宰的羔羊

绝望地哀鸣
还是前仆后继
英勇就义的壮烈
为了赢得一个新世界

大片大片的屠宰场
刀锋的凉

侵入骨髓
让人不寒而栗

屠刀霍霍
收割故乡及故乡的情愫
为新世界的诞生
疏通产道

分娩前的阵痛
让人兴奋，牵挂和痛惜
尘土飞扬里
土遁而去
躲在桃花里
待春天降临

市民们，小心谨慎地闯过现场
激烈地讨价还价
在这些大气魄动静的衬托下
显得渺小和无奈

他们脚步急促，又放轻
但仍不时地回头，打量
关注事态的进展
不过，效果不大
事件在高高的遮蔽物的核心
迅速发生

杂乱无章的钢筋头
硌了脚趾，生疼

那些为人遮过风，挡过雨的
书房，卧室，门楼，厨房等
惶恐地检讨，莫名地恐惧
逃无可逃
大多被敲打得
粉身碎骨
有的只剩下半张脸
等着擦拭明天的镰刀

他们的使命已经完成
他们的存在已经多余
他们的坚强已经讨嫌
成捆成捆的钞票
把他们出卖

主人无奈，或者兴奋地将他们舍弃
美妙的承诺或者欺骗
他们的生命重新组合
以另外的方式
与另外一些人
发生某种关系
另一个季节的舞台

几声叹息
和几行文字
一种送行，道别，祭奠
一种安慰，借口，纪念
阳光，也会照亮他们的残躯

崭新的，漂亮的城市下
多少悲壮的牺牲

乡村夜半时分

拉灭自家的电灯
想听听老鼠的动静
街上的灯光肆无忌惮的

总感觉不真实
二叔披衣坐着
点着一支烟

过往的时光
老鼠探探头
以为又在过春节

乡村的夜晚不再黑暗
村民的心思好像裸露
夜晚亮得不好意思

院中的黄狗
无所事事地叫了几声
二叔扔掉烟头

嗔道：不让睡觉
这个捣蛋的坏家伙
明天还得进城逛逛大润发

我的冬天

我的冬天太寒冷
蜷曲身心，窗户封闭
雾霾和污染把世界宵禁
自己的世界很安全
自己不会谋杀自己
除非想不开的诗人海子
虽然他也想住进面朝大海春暖花开的房子
自己的世界很温暖
自己温暖自己
因为自己的影子不会伤害自己
不用担心碰瓷和垃圾定律

我的冬天太久了
怕寒冷的空气
它老纠缠我的老鼻炎
我没有味觉，没有透气
感觉不到一丝春的气息
但能闻到书的油墨香味
还能踏雪寻梅，梅花的味道很好闻
还能和网上的棋友下象棋
他们很守信用很准时
不悔棋，很安静

也感觉不到有人吸烟
和人安静地玩，又没人打扰
一个人的网络世界，真好
还能和美国的一个同学聊聊
说说我们小时候
打着手电筒抓知了

爬　山

他用朝霞，把脚板洗了一下
包括脚心和脚趾，他要爬山了
脚趾通红通红的，像洗净的红萝卜
那茧像岩石层，厚而且硬。其时
都兴奋地昂起头，像待食的蚕

他要爬山了，山就在脚下
就在下意识里，他握了握拳头
为了某种使命
自己赋予的，别人赋予的
书本赋予的，社会赋予的
跌宕起伏，在脚下伸展

一座座山，被脚板征服
一座座山，又迎面撞来
有的像高速公路上的车
有的像蜗牛，一点点靠近
肆无忌惮，不期而遇
山，似乎越爬越多了

他看了看那山顶，很高
高耸入云的高，高不可攀的高

似乎在巨大牙齿的缝隙
鸟的翅膀和目光也退缩了
他没有迟疑，没有畏惧
迈动他的脚步，爬山了

他爬山了，爬得很专注
雪花，迎春花，鸡冠花，菊花
和他同行。河流，白云，小草都列队鼓掌
他把诗歌放在鸟嘴里，候鸟的嘴
蒲公英在跌落的种子后面盛开
他跟在蒲公英的后面，他
爬山了，爬得很从容，很欢欣

台阶被风雨雪霜抬得很高
还有虹霓，流岚，志同道合的拐杖
还有鲜花，冷嘲热讽，奖章和伤疤
一切都是背景，都是风景
都是过眼烟云，也都是沧桑的历史
坚守，攀登，是一种生动的活法

他在爬山，台阶在脚下依然蜿蜒抬升
偶然回头，他已在一个惊人的高度

环卫工

一双手
四季轮回
把风雨霜雪搓成老茧
市民们在老茧上忙碌
笑声和脚步
劳动的荣光里
轻松透明

街道，树木花草
岁月雕刻的皱纹里
井井有条排开仪仗
太阳鸟伸展明丽的翅膀
出巡蓝天白云
市民们的衣食住行
开启日新月异的新时代
城市被淘洗得干干净净
如一面面清新的旗帜
在青山绿水间招展
汗水和污浊
却渍染自身血浆和心肺
憔悴了健康
疲惫了星辰

栖身于城市的角落
给繁荣和欢乐
留出宽敞空间
啃着干馍
啃着艰辛奔波
在下水道里
畅通城市的呼吸
在叶脉的汁液上穿梭
富足城市的营养
让城市的大树根深叶茂
鸟语花香

杰作每天发表在城市日报
悄然化身青青的小草
晨昏之际，放飞霞光于天空
羞涩地，戴着金冠
向早起晚归的市民们点头问好

城市流浪印象记

灯光，夜，眼睛，迷离
一扇窗户，在背后敞开着
里面，锅碗瓢盆，叮当乱响
好闻的玉米粥，包子，油条，香气十足
饥肠辘辘的涎水泛滥
女人圆润的胸部
满街飘，眼睛疲惫
脚上长满人行道摆放的圆石墩
硌得全身骨骼暴疼

远去的公交车，不停地上下着人
城市在晨昏间，周而复始，奔跑
摆满了拥挤和喧闹
囊中羞涩，只有在夹缝中探头

城管来了，他怯怯地嘟囔着
偷偷扯来黑夜盖住脸
蜷曲在某个角落睡觉

天上闪着星光
他想，明天一定是个晴天
风，像个淘气男孩
玩弄他身上的塑料布沙沙作响

春　节

——献给我春节期间见面或者没见面的亲友，还有一切素未谋面的正能量的好人

一把魔力钥匙
打开了我们的记忆大门
嗅着
小时候丢洒的味道
走回故乡和旧照片深处
成长的点点滴滴
埋在残雪下的瓦罐里
等着那声春雷
发令枪响
整装待发的绿芽
齐刷刷地出发
把地球占领
把我们的心攻占

老家城市，乡村
盛装亮相
闪烁璀璨的彩灯，星空
冰糖葫芦

那轮滚过心头的皎月
飘舞的大红灯笼高高挂
各种乡土元素
连着年迈或者还帅气十足
的父母，家长，亲人
朝着想念的方位
大声呼唤
呼唤游子归来
回家

春节
搅动了思乡的情绪
工作多年的地方
都成了旅居地
团聚，拥抱故乡
是中华民族
最流行的主题
父母，儿女，亲戚
把自己的经历情感分享
找回温暖的密码
满当当的乡情
花糕，叮嘱，塞满密码箱

春节是问候的季节
一种总结的理由诞生
一种经历的终结

阴阳鱼交换尾巴和头颅
冬天和春天互换角色
眉飞色舞与郁郁寡欢
都要进入春节的房间
面壁，调节，平衡
重新启动结束和开始按钮

春节
是我们中华民族的传统节日
是华人在世界大展示，大联欢
春节里，都是主角
都是东道主
都是客人，都去做客
或者招待客人
各种亲情又分门别类整理
修补，交融，蔓延，温暖

忙碌一年后
忽略的情感，大碰撞，再加温
凋谢，死亡的季节凋谢和死亡
繁荣，新生的季节繁荣和新生
春节让我们擦拭伤口
整理行装和情感
向美丽的梦幻和复兴
向美丽的春天和风景
向实现自己目标价值的五湖四海

挺进

故乡及故乡的亲人
站满村头和站台
挥舞的手臂和殷殷的目光
期待下个春节
平安而归
分享辉煌或舔舐伤口

黄土地诗人

黄土地诗人，失眠于巨浪排空的乡音
洁白的月光拂来，挥洒于万家灯火
鸡鸣犬吠的河流
汗水和血浆，千百年来的勤劳与挣扎
孕育与奉献，生命诞生与枯萎
可歌可泣，感动，与境界，与意象
入梦，呼啸而来，敲打窗户和诗歌
敲打芭蕉和梧桐，杨柳和棉棵
玉米和大豆，炊烟和屋檐
击节而歌，闻声起舞，如同出征的战士
威武雄壮，戈亮马嘶，拍溅浪花
连同燕赵慷慨之诗行

黄土地为你壮行
用粗壮的，密不透风的根须
用碾盘颤颤，灵魂顽强的脊背
用庄严而又沉重的耕耘
用沃野千里的四季抗争
用婴儿的啼哭，老人的皱纹，新奇和沧桑
用千千万万母亲的乳汁和泪水濡湿的心房和眼眸
用蜿蜒不尽，围绕故乡的小径和脚印
用时而狭窄，时而开阔的生生息息的隧道

黄土地，为你壮行

你的才华，生命，灵魂
都是黄土地赐给的
都是无数肩膀给的
都是无数牺牲和奉献给的
都是新中国和新时代给的
你要感恩，为他们高歌，加入奋进的队伍
有什么理由冷嘲热讽
有什么理由总念叨外国人的名字
有什么理由无病呻吟，涂抹些晦涩的文字
你的一切，包括伟人，都属于劳苦大众
为他们而歌
为淳朴，善良，勤劳，创造而歌
为稚嫩的眼睛，日新月异的未来而歌
手拉手，肩并肩，拥抱恩情，慈爱
拥抱田野和村落
希望之外，还是希望
生命之外，还是生命
黄土地，为你壮行

月亮之歌

从浩渺的宇宙，从崇山峻岭之巅
从布满沙砾的戈壁，从海鸥翩飞的沙滩
透明清澈圆润明亮的月啊
飘舞衣袖，划过时空的黑暗
如潺潺的清亮亮的山泉
流淌人间，流淌我们的心田
把雪莲，青莲，水仙和我们的心浇灌
那皎洁的月光啊，照耀我们的梦幻

流落域外的，美丽睫毛忽闪的女仙
挥洒自如，娉婷于天地，江湖之远
穿越历史的重重隧道
跋涉生命的万水千山
游弋于变换嘴脸的风雨雷电
柔柔的清光，大气磅礴，铺满洒遍
女性之柔美，融化铁石钢山
那皎洁的月光啊，照耀我们的梦幻

月光照亮荒漠
照亮荒漠中的胡杨和骆驼的壮观
月光照亮河山
照亮河山中的巍峨青松和片片云帆

月光照亮苍鹰
照亮苍鹰的迅疾和矫健
月光照亮大地
照亮大地的浑厚和慈颜
月光照亮人间
照亮人间的勤劳和良善
一颗亮丽的明珠，在广袤中璀璨
一盏动人的灯笼，悬挂每一扇窗边
那皎洁的月光啊，照耀我们的梦幻

那轮月栖息在城市密密楼顶的飞檐
那轮月隐身在乡村葱绿的树杈和藤蔓
那轮月远离尘世悬挂欢笑人们头顶的天
那轮月融入酒里，陶醉千年
那轮月是风景，是画卷，是神仙
那轮月是母亲，是女儿，是不老的容颜
那轮月是亲人团圆的日子
是念想，是期盼
那轮月是恋人天涯海角的信物
是药物，是失眠
那皎洁的月光啊，照耀我们的梦幻

用温柔的触摸，去抚慰雨水冲刷的伤痕
用饱满的爱，去扶直树木花草压弯的腰板
用善良之手，牵领迷途的游子回家团圆
用中秋圆圆的祝愿，滋生幸福和感人的诗篇

从隐身乌云背后，到一丝光闪
从弯弯的月牙，到浑圆饱满
牵动一颗颗心，一片片迷恋
天地共享一轮皓月，万里同清光，共婵娟
那皎洁的月光啊，照耀我们的梦幻

一个人，有一个人的境界，思考，情怀
一伙人，有一伙人的格局，力量，信念
月光都会无私，公正地照耀
照耀一个个夜晚，夜晚的张力，倔强
照耀一张张犁，一张张迷惘，喜怒哀乐的脸
欢歌，悲伤，长吁短叹，都可以倾诉
是知己，是同志，是恋人，是亲人啊
那皎洁的月光啊，照耀我们的梦幻

幼时，感觉月亮是邻家小妹
常常隔墙探头过来，娇嫩明艳
再大些，感觉月亮是邻村大嫂
村头蹒跚，照耀我们玩耍在街头场院
再大些，才知道月亮是天外来客
魅力动人，仙子下凡
不老的月亮，圆圆的月亮，我们彻夜无眠
那皎洁的月光啊，照耀我们的梦幻

沙漠和沙粒

把仅有的一滴水咽下去
咽入深深的生命咽喉
把多余的一粒沙吞下去
吞入苍茫的肠胃
然后，让阳光蜕去一层层皮肤
让狂风堆积厚厚砾石淹没
怀着挥之不去的歉意
消化指责，鞭笞和污化

一粒沙紧紧地
抱着另一粒沙
一粒沙身子转动
另一粒沙也就随之转动
传递动静的动静
抱团取暖，心心相印的感应
一只眼张开，所有的眼睛
都会张开回应
一个孩子
翻个跟头，所有的孩子
一定会翻过去

圈圈涟漪荡起满脸规则圆润的皱纹

波动千百年目不转睛的沉寂
焦灼的，不是泰然处之的沙漠
而是挣扎于沙漠广袤的跋涉者
而是挣扎于沙漠广袤的入侵者
周边是五颜六色的诱惑和缤纷
他们独守内心，一脸的不屑
独守岁月的那份傲岸
独守时光的那盆吊兰
波澜不惊，天地永恒

不可忽视的博大的生命存在
个个生命以沙粒的名义存在
存在于一筹莫展的深邃
存在于一望无际的浩瀚
存在于一览无余的神秘
存在于一叶障目的久远
芸芸访客，包括人类，骆驼
会消失于痕迹全无，眨眼之间

生命存在于视而不见的视野
生命存在于组合生命的意义
生命存在于不可或缺的存在
生命存在于时空用标本传奇
用化石飞翔科学家的探究
用沙漠之光为人类擦亮夜的黑
用沙漠之风为动能插上翅膀

用沙漠之热繁华落幕后的沉降

生命在干涸的缝隙茁壮张扬
不需要珍贵的水润泽嘴唇和思想
水用来接济蚂蚁，骆驼，胡杨
和一切沙漠之鹰的翅膀
和一切沙漠之舟的木桨
沙粒就是沙粒，生命写满风光
他们的生命就是干涸干枯里冲刺
他们用干涸干枯对阳光狂风亮枪
也许他们本来拥有充足的水源
在与大自然漫长的搏击中
水分已经被榨干。已成了
颗颗子弹射出枪膛
他们把自己化作标本化石
为地球站岗

他们的色彩是黄褐色的
有的是红色，黑色，五颜六色的
由构成的矿物质决定的
像人类晒黑的脊背
舒展于自己的内心
舒展于大自然
舒展于天地之间
舒展于寂寞的时光
也许寂寞就是他们喜爱的生活

也许他们有自己快乐的方式
他们不喜欢别的生灵来打扰
如果有，如仙人掌
必须适合他们的特有的顽强
否则，只有变成沙子
只有死亡

他们广阔，深邃
没有耐力和毅力是走不出漫长的
要么走出沙漠重生
要么迷失自我被沙漠同化
如水流要么迷失自己
要么最终透过沙漠奔向海洋
他们是煅金石
只有英勇无畏的战士
只有意念强大的信仰
才能成为胜利者
才能成为骆驼和胡杨

自然力量改造的生态
或者自己的一种生存态度
也许为了保护地球
他们牺牲了自己
他们成了烈士林立的墓碑群
还用自己的尸体为人类筹划
为地球的昌盛
而坚强

风

风吹来，迅忽而至
敲叩墙壁和阻挡物
从岁月的流苏
总能找到缝隙

风的结构，是空气
还是影子
还是刀子
什么都带不走

包括
细枝末节
隔靴挠痒

有时口袋儿
倒多了一些
沙尘，枯叶，虫卵
不速之客

发怒时，排山倒海
一座山。一座大山
一棵树。一棵大树

都会成为风筝

人人熟悉
似乎永远的朋友
人人陌生
世事难料

风穿过人
人穿过风
世间都说
树欲静而风不止

风，写着一个哲学词语
人在风中，捻一串佛珠
或者造个房子
闭紧窗户

风，其实是人的性情
从人体里跑出来撒欢

老　友

在街的拐角处
几只蚂蚁在晒暖
老友和它们挤在一起
争长论短
意外碰到了我
会心一笑
蚂蚁窝里安静了许多
小酒馆里
多了两个顾客

酒，小菜摆一桌
说起很多熟悉的人和事
家长里短
特别是两人的荒唐事
语言很顺溜
争着补充
最后酡红盖脸
自嘲一笑
谁没年轻过

再最后，老友醉了
唠叨着告别

小城的墙壁扶着他拐过街角
桌子上还有一杯啤酒
还有一只空杯
和老友的烟味等我

月光如诗

窗外，飘飘洒洒的月光和你的呢喃
像小雨，弹奏丝丝入扣的旋律
窗台，有朵水仙小花，和你明媚的眸
像微风，编织悱恻萦绕的梦幻
室内，清香袭人的笔端，舌灿莲花
又一个不眠之夜，一首
缠绵的小诗，飘然而至
在我们的河山奔跑

黎明，远道而来
高擎一杯葡萄酒

黄河，母亲，我心中永远的风采

——献给国庆七十周年

黄河，穿峡裂岸，咆哮奔来
从遥远，从重重叠叠的险峻奔来
从巴颜喀拉山山口，“几”字形奔来
穿越九省，穿越古代与现代奔来
怀抱婴儿，滋生生命奔来
黄河，母亲，我们心中永远的风采

黄河，穿峡裂岸，咆哮奔来
挟带雪花冰凌之洁白
挟带崇山峻岭之气概
挟带广袤大地之母爱
横渡不毛，烟瘴，荒芜，灾害
奔向繁荣，文明，昌盛，大海
黄河，母亲，我们心中永远的风采

纤绳勒断了前人的脊背，肩胛
荆棘磨烂了前人的脚板，膝盖
五千年古老的民族，奔腾不息
五千年古老的文明，开枝散叶

五千年古老的图腾，鲜明闪亮
五千年古老的火焰，燎原冲天
黄河，穿峡裂岸，咆哮奔来
黄河，母亲，我们心中永远的风采

孔圣孟贤，四书五经，奔腾而来
秦皇汉武，唐诗宋词，奔腾而来
无穷的智慧，无数的发明，奔腾而来
为了中华民族的生存，壮大，腾飞
无数祖先，前辈，仁人，志士
无数丰碑，名字，史册，诗篇
咆哮奔来。在神州，在华夏奔腾而来
黄河，母亲，我们心中永远的风采

埋葬侵略和罪恶，融化腐枝败叶
滋生根须和绿叶，开花结果飘香
攀爬，直立，行走，奔跑
奋进，创新，强大，辉煌
黄河，穿峡裂岸，咆哮奔来
黄河，母亲，我们心中永远的风采

“风在吼，马在叫，黄河在咆哮”
高粱红了，大豆黄了，玉米长胡子了
金山银山堆满家园，山清了，水秀了
美丽的故乡，富饶的国度，开怀的大笑
日新月异，羡慕的目光，满世界飘

中国的世界，世界的中国，厉害了
黄河，穿峡裂岸，咆哮奔来
黄河，母亲，我们心中永远的风采

黄河从高山呼啸奔来
黄河从河川呼啸奔来
黄河从平原呼啸奔来
黄河从梦里呼啸奔来
黄河从血管呼啸奔来
黄河从精神呼啸奔来
黄河从臂膀呼啸而来
黄河从黄河呼啸奔来
黄河，穿峡裂岸，咆哮奔来
黄河，母亲，我们心中永远的风采

黄河，穿峡裂岸，咆哮奔来
母亲的慈爱，父亲的力量，咆哮奔来
中华民族，炎黄子孙的精神咆哮奔来
咆哮，咆哮，咆哮，咆哮
奔来，奔来，奔来，奔来
伟大的黄河，书写伟大的时代
日月星辰，装饰盛大的舞台
黄河，穿峡裂岸，咆哮奔来
黄河，母亲，我们心中永远的风采

欢呼她吧，我们伟大的母亲

拥抱她吧，我们慈爱的母亲
古老的黄河，不屈的黄河
您总让我们中华儿女
魂牵梦萦，泪流满面
我们愿做您的儿女，您的一滴水
我们愿做您的小草，您的一寸土
我们愿做您的一座山，一条河
我们愿做您的一张犁，一把火
黄河，穿峡裂岸，咆哮奔来
黄河，母亲，我们心中永远的风采

黄河，穿峡裂岸，咆哮奔来
我们也穿峡裂岸奔来，在新时代

我爱你，长江

长江在山顶盘旋
长江在心间盘旋
层层叠叠的手臂接引
风雨雷电随即爆响
天空多姿又敞亮
长江后浪推前浪
下山来了

千万年积雪覆盖万千年
白云朵朵打造隧道
一条龙骄傲腾飞，龙鳞闪闪
衬托唐古拉山的高度和威严
中华儿女的血汹涌咆哮
长江裹挟风采和雄风
下山来了

终于，阳光的暗示和鼓励
一路雀跃欢呼，撼人心灵
古老的中国，新时代的中国
顺势而下，一泻千里
九条龙须向前飘逸伸展
长江下山来了

青山情不自禁地踮起脚
豪迈和激情，中国声音
龙吟九天，翱翔宇宙
活力直达四肢和心脏
汇入浩渺太平洋的太平
汇入五洲风云的大道
长江下山来了

我也忍不住
站在珠穆朗玛之巅
站在四大洋之畔
站在太阳升起的东岸
站在月亮之上的宫殿
站在长江风起云涌的潮头
站在没有围墙的地球之边
朝寰宇朝人间宣布，狂喊
长江下山来了

戈壁，沙滩，平原，丘陵
闪开道路。最长的河流
岩石随江水欢实翻卷
滔滔目光，歌声，精神，灵魂
隆隆开拔
诗句，雪练般摇曳缤纷
片片云帆，号子震天

太阳脊背晒黑了
长江下山来了

那是谁，炮弹射向江中的英舰
屈辱的近代史在炮声中改变
解放军紧握拳头
击碎了侵略者游弋长江的梦幻
长江，中国的
百万雄师，挥戈南进
百万雄师，云帆点点
解放的旗帜飘扬云端
长江下山来了

横扫一切独裁，紧握钢枪
红色染红了欢笑中的高粱
染红了大江幸福中的脸庞
两岸天翻地覆，领袖在挥手
人间正道归于沧桑
金灿灿的稻谷透出千里之香
长江下山来了

三峡工程丰碑般耸入九天
刻满人能胜天的豪语壮言
日新月异的优质服务
龙腾虎跃的新能源
惠及千家万户

滋润万亩良田
旗帜猎猎，号角嘹亮
青山绿水环绕鱼米乡
长江下山来了

我的心随长江，随千年之水奔跑
穿越时空，中华儿女的图腾闪亮
雪花透亮的心，沿着气度和力量
汇入五湖四海
和世界其他河流一道
汇聚正义和富强
汇聚命运共同体理念
长江下山来了

伟人雄立江边，酝酿治国构想
千山万壑，辽阔大地
冲走腐朽，罪恶和落后的时光
长江执着地流去
长江汹涌地流去
一路高歌地流去
流向初心，流向伟大复兴信仰
长江下山来了

伟人曾在那儿横渡
豪气和睿智曾在那儿横渡
横渡透明的水波荡漾

横渡时代的激越豪放
横渡锁链贫穷落后
伟岸的身躯就是坚定的堤岸
护卫着中华民族走向繁荣富强
长江下山来了

长江，中国最长的河流
从巍峨的高山奔流而来
舒展腰身于平原
青山让路
万木搭桥
奔向海洋
长江下山来了

长江下山来了
长江下山来了
滚滚长江下山来了
滚滚长江下山来了
中华儿女站满两岸
热泪盈眶

发自肺腑歌唱
我爱你，长江

长城长，长不过世界景仰的目光

说是万里长城，其实
达两万多公里，或者更长
一座座青山肩并着肩，手牵着手
像一队队英雄的战士，威武霸气
巍峨拱卫在中国的北方
托起一个民族的崛起
肩负一个国家的安康
长城长，长不过世界景仰的目光

世界七大人类奇迹，名列榜首
1987 年录入世界文化遗产榜
展示中国风采和泱泱大国形象
太空也可以看到的人间建筑
让世界倾倒，翘首景仰
中国的长城，长城的中国
黄河里孕育，奔腾于长江
世界大同，命运共同体的思想
一把淬火的宝剑，傲视全球，睥睨东方
长城长，长不过世界景仰的目光

古老的传说，追溯到春秋战国
把大地踏在脚下的秦始皇

十四世纪的大明王朝
调集几十万民工，用双双
难以数计的
手的干枯和饥饿
汗水和眼泪一筐又一筐
白花花的骨头，汩汩的血浆
铸造这世界奇观，千古绝唱
古老的民族直起腰杆，挺起胸膛
踏平历史的坎坷和灾荒
走进中国智慧和方案，走进大国工匠排行
走进美丽和富强，走进世界中央
长城长，长不过世界景仰的目光

穿越群山巍巍，草原茫茫
跨过沙漠浩瀚，大海雄壮
飞渡时空，数十个诸侯国，朝代
蜿蜒二十万平方公里以上
遍及十多个省的广袤恢宏
五十六个民族拥抱一起，展翅飞翔
十三亿兄弟姐妹，和谐劳作在希望的家乡
一条巨龙，横空出世，腾飞在历史的海洋
长城长，长不过世界景仰的目光

雁门关外好放羊，放牧历史的疆场
居庸关地势险要，扼控天下兵峰导向
平型关山石嶙峋，聚歼骄横的日寇美名扬

紫荆关千山耸立，风骨雄姿，层峦叠嶂
嘉峪关西端起点，巨龙摆尾，吼声震天响
山海关山水一色，中原咽喉，雄伟屏障
道道险关，凝聚中华儿女的风采
处处青山，荟萃英雄豪杰的力量
天发白，雄鸡高唱，霞光万丈
缕缕炊烟晾晒诱人的温馨饭香
长城长，长不过世界景仰的目光

每一块砖，饱含跋涉河川的奇迹
凝聚无数的英魂和辉煌
每一粒土，拥有泰山石沉甸甸的分量
荟萃中国人无穷的智慧和沧桑
今天的中华民族，斗志昂扬
正构筑新的长城，谱写大美篇章
撑起不屈的精神和信仰
撑起民族的希望和脊梁
撑起十三亿中国人的梦想
长城长，长不过世界景仰的目光

在新时代，龙的传人，赤心向党
牢记使命，初心不忘
新的长征再出发，跋山涉水
夺冠的国歌连续奏响
五星红旗永远高高飘扬
我们伟大的祖国，我们伟大的民族

走向复兴，走向繁荣富强
不屈的长城，不倒的长城
中华民族五千年的日积月累
中华民族五千年的手提肩扛
中华民族五千年的亮剑牺牲
中华民族五千年的雪雨风霜
长城长，长不过世界景仰的目光

看我们今天的盛世中国，世界的中国
看我们今天众志成城的民族，意气风发的民族
铿锵有力的脚步，脚步有力的铿锵
迈进，迈进，向着领袖指引的方向
谁能撼动雄伟的万里长城
谁敢阻挡巨龙腾飞的翅膀
历史的潮流，浩浩汤汤
新时代的号角，气吞山河，宇宙嘹亮
走过来了，致富路上一个不能少
长城长，长不过世界景仰的目光

看《东方战场》后

那一片黑压压的战机，炸弹
那一片黄乎乎的罪恶，贪婪
飞来，飞来，飞来，飞来

"九一八""七七事变""淞沪抗战"
阴谋在野心里奔跑
恶魔在欲望里膨胀
血肉横飞的大片上演屈辱和死亡
奋勇搏杀的吼声奔放英雄和悲壮

落后就要挨打
贫穷就要受欺
我们没有先进的武器
我们有头颅和鲜血
长江在汹涌，黄河在咆哮

善良宽厚的黄土地，黑土地，红土地
张张千疮百孔，弹痕累累的脸
饱经沧桑，风雨兼程的脸
五千年古老文明厚重的脸
撞醒了，发怒了，发威了
侵略者的尸体柳絮般随风飘去

一道道巍峨的青山绿山黄山
一道道皴裂斑驳的脊梁
刀剑的寒光，岁月的风霜侵蚀的长城
血泊中，死亡的呼号中，求生的呐喊中
直起腰来了，站起身来了，挺起胸来了
折断魔鬼的翅膀
咬断魔鬼的喉咙
掐碎魔鬼的眼睛

牺牲 牺牲 牺牲 牺牲
战斗 战斗 战斗 战斗
杀鬼子 杀鬼子 杀鬼子 杀鬼子
还我河山 还我河山 还我河山 还我河山
每一座山头，都有一个
或者几个，或者无数个
英雄的名字，身姿，灵魂
每一寸土地，都有一个
或者几个，或者无数个
先烈的牺牲，坟墓，丰碑
中华龙皓空飞腾
中华魂灿烂日月

一个个鲜活的生命倒下了
一面面烧焦的旗帜前仆后继
一曲曲英雄的歌荡人心扉

一朵朵醉人的花芬芳时空
从白山黑水的东北
从杏花柳雨的江南
从万山蜿蜒的广西，四川
从中国领土的四面八方
不甘亡国灭种的志士
不甘国人受杀受害的仁人
走来了 走来了 走来了

肩膀和肩膀并在一起了
手掌和手掌握在一起了
鲜血和鲜血流在一起了
心和心贴在一起了
朝夕相处的战友，夫妻，亲人
素昧平生的国人，华侨，外国人
长城和长城站在一个队伍
黄河和长江澎湃一个声音
风在吼，马在叫
在鲜艳的旗帜下
中华民族大集合
冒着敌人的炮火前进，前进，进

在太空都能看到的长城
每一块砖，都有一个默默无闻的名字
都有一段可歌可泣的故事
刻在闪光的史册

照亮我们民族之路
永远为人民遮风挡雨
有我，有你，有千秋万代

不屈的长城，需要添砖加瓦
有我，有你，有我大中华儿女

井冈山和伟人

是谁堆放的石头
堆放石头石头
堆放一方险峻
让我们的伟人存身
让星星之火
烧起来

是谁种植的树木
种植树木树木
种植一方葱茏
为我们的红军遮风挡雨
让暖和人心的国际歌
唱起来

是谁开辟了道路
开辟了道路道路
开辟一方土地
劳苦大众当家做主
浸过血，过过刀的土地
红起来

一个伟人就在那儿落脚

他知道怎样去保存自己
保存自己的弱小和生机
知道星星之火可以燎原
知道几个亿的农民
是不可战胜的
知道他们的唾沫
可以淹死军阀
可以淹死腐败独裁王朝
知道他们祖祖辈辈种地
知道他们渴望土地
把土地交给他们
并组织他们，夺取武器去战斗
用自制的武器去战胜飞机大炮
井冈山的石块和树木在保护他们
伟人在领导他们

伟人之所以成为伟人
他心中装着人民

写给毛岸英烈士

您是领袖的儿子
父亲上了井冈山
为劳苦大众打天下
母亲为了革命住进了牢房
牺牲了年轻的生命
自幼流浪长沙
用稚嫩的脚板
去丈量荆棘和坎坷
用瘦弱的双肩
扛起人生和期冀
父母为了天下所有孤苦的孩子
把孤苦贫困留给您
本来是鲜花的年龄
却领略鲜血和死亡

您是领袖的儿子
苏联学成归国
没有享受高位和富贵
却住窑洞，爬山坡
去和劳苦大众在一起
用锄头磨出老茧
让沧桑砥砺意志

一个纯粹的革命者
一个劳苦大众的儿子
在您身上
彰显了一个革命家
一个巨人领袖的情操与格局

您是领袖的儿子
又被父亲送往朝鲜的战场
那里的敌机在轰炸
那里的人民在被屠杀
为了一个个邻国的儿子的生命
和千百万优秀的中国儿子一道
去飘扬国际主义旗帜
去宣示中国军人的尊严

虽然敌特在国内暗杀破坏
虽然淮河肆虐四野
虽然建国之初，百废待举
虽然积弱多年，经济凋敝
您却和其他志愿军战士一道
义无反顾地走向战场
用手榴弹和原子弹较量
用脚板和汽车较量
用小米加步枪和飞机大炮较量
每一棵小草，每一粒尘土都是战士
每一道河流，每一座高山都是英雄

把侵略者埋葬
用生命去击落轰炸
用生命去捍卫和平

您是领袖的儿子
没有去国外享受豪华和奢侈
您只有墓碑
耸立在异国他乡
让鸭绿江水热泪盈眶
让不屈的精神，高尚的情怀
巍峨在三八线
折断不可一世的目光

中国和朝鲜人民永远记住
一个伟大的领袖
一个伟大的战士
一个伟大的父亲
一个伟大的儿子

杨靖宇将军说

将军说
东北的老人
都是我的干爹干妈
都该贴心暖肺地疼

将军说
革命是一堆火
燃烧起来
可以烧红天
可以烧出崭新的世界

将军说
中国人都投降了
还有中国吗
我要战斗
把小鬼子赶出中国

将军说
给我点吃的
我饿
我没力气了
只要有一口吃的

我就能把小鬼子拖死

将军啃树皮
吞棉絮
咽雪团
嚼草根
在包围圈里
与吃饱喝足的大量鬼子
周旋
左手中枪了
右手继续射击

将军高大的身影
还在北方雪野站岗
父老乡亲安静地睡觉
小鬼子还在林子里打转
找不到北

张静静，永不凋谢的白莲

您走了
这么突然
令人揪心叹惋
一场骤雨
淋湿了双双明媚的眼睛
一声炸雷
震惊在颗颗炽热的心间
老天不公
您生命的钟摆
终止于
三十二岁美丽的华年

新型冠状病毒
肆虐
武汉告急
一个个鲜活的生命
等待治疗
一个个家庭感染
需要救援
五十三天
日日夜夜的奋战
汗水湿透衣衫

拖着沉重的隔离服
拖着沉重的脚步蹒跚
穿梭在一线
伸出仁心大爱之手
奔波于生命的岸边

凯歌已经奏响
使命已经完成
告别感激涕零的治愈患者
告别行行清零的数字
告别复苏的城市
回到家乡泉城
但还需要集中隔离 14 天
才能确保安全
才能与家人团圆

隔离的时间到了
家中的孩子还在期盼妈妈的怀抱
远在非洲救援的丈夫还没有回来
由于长时间的疲惫和劳累
您却心脏骤停
离开了这个热爱您的世界
离开了敬您爱您的人民
青山垂首
绿水顿足
滚滚长江水

滔滔东海浪
都是我们的悲泣和思念

霎时，全世界的白莲花盛开了
您是最漂亮的那朵
为了民族大义
听从党的召唤
牺牲了自己
牺牲了自己家庭的圆满
您是大写的白衣天使
泰山耸立
日月浩瀚
您在我们心中永不凋谢
永远灿烂

巍巍长城砖
镌刻您的风采
依依大明湖柳
妩媚您的灿烂
春天放飞的一只矫燕
翻飞在祖国的万水千山
大地哺育的优秀儿女
璀璨在古老的华夏故园

全世界的春天
所有的花朵

为您绽放美丽
共和国的天空
所有的旗帜
为您翻卷烂漫
张静静
白衣天使
巾帼英雄
在我们深深的祝福里
您，一路走好
您是一朵
永不凋谢的白莲

桥

炮声的急促
围着敌人的踪迹轰响
男人长满战场的伤疤
村里墙倒屋塌的布景
几个妇女游走于战争的缝隙

河水的距离
释放敌人远遁的预期
“桥在这里！”
妇女的豪气站立河中
不再柔弱的肩膀
扛起木板
扛起战争
托起战士的脚步
托起刺刀的寒光

战士含泪迅捷过河
去消灭敌人
妇女们的名字和桥的贡献
刻在河旁的山石
刻在战士的生命
刻在人民心中

刻在历史的记忆
也感动了我的诗歌

普通的人物
普通的场景
在民族危难之际
迸发的能量和激情
却能改变历史
改变国家的命运
为有这样的同胞骄傲
如果需要
我们也是一座肩扛的人桥

写给我们的左权将军

几只蚊蝇
嗡嗡叫着，叮咬世界
几只蚂蟥
鬼鬼祟祟，吸吮血腥
太平洋上不太平
几块破铁
从魔鬼，贪欲，邪恶之岛起飞
目标，我们富饶，广袤的国土
目标，我们勤劳，善良的母亲

几个小丑
一段历史
在贪欲的旋涡里
血肉横飞
流离失所

英雄都是为时事
为危难而生的
我们的左权将军
太行山的父老
都是他的父亲，母亲，姐妹，兄弟
宽广的胸怀

装着同胞
粗壮的手臂
斩断毒舌和魔爪
睿智的大脑
摧毁阴谋和野心
侵略者在英雄的名字面前
如坐针毡

三十七岁的左权将军
为了掩护伤病员
在敌机的轰炸中，去了
“苍天不公，断我臂膀”
彭德怀总司令的悲愤怒吼
山摇地动
黄河的浪，咆哮千里
英雄的血浆溶在这里
太行的山脊，撑起苍天
英雄的魂魄傲立

玩火者终自焚
千千万万个左权将军奋起
将侵略者埋葬
还我朗朗乾坤
还我华夏大地
日寇，一贴膏药
难以医治遗臭的伤口

当我们走在这片沃土
享受和平幸福
请把脚步放轻
我们的左权将军和众多先烈
安睡在这里

写给敬爱的周恩来总理

您的名字，您的形象
您的声音，您的笑容
青山绿水流淌的音符
土地大海放飞的迷恋

您是长兄，您是父亲
您是共和国的领袖
您是人民的希望和救星
您的血和人民流在一起
您的心和人民跳在一起
您的使命和信仰
像洁白的鸽子飞在人民的蓝天
像牡丹水仙荷花，百花之艳
芬芳人民的命运和灿烂

您穿过风雨交加的沧桑
您闯过弹雨如飞的历史
您横渡激流滚滚的岁月
您历临穷凶极恶的追杀
去巴黎，去井冈山
去延安，去西柏坡
去北京，去世界各地的舞台

去追随毛主席开天辟地地鏖战
去救万民于水火，于贫困
去展示大国总理的情怀
把祖国的前途扛在脊背
把人民的利益装在心窝
走遍千山万水，大江南北
在海棠花里香薰世界，玉树临风

拿起一杆枪
击碎独裁者的美梦
拿起一支笔
浩然正气席卷天地
出口成章的雄辩
舌战群儒，交四海朋友
细致入微的关怀
呵护苍生，呵护生灵
中国，世界在春风中绚烂，感动

能屈能伸
伟岸青松伟丈夫
谈笑自若
乱云飞渡自从容
一面红旗红天下
一颗忠心耀千秋
没有生养后代
哺育千千万万个后代

为国为党为人民
呕心沥血红星耀肝胆
抓经济，促民生，固国防
繁荣我们伟大的祖国
扛灾害，攻险关，攀高峰
屹立我们伟大的民族

您的英姿您的风采
在九百六十万平方公里上雕塑
在世界的感动和进步中永存
您是男人中的男人
您是英雄中的英雄
您是全世界劳动者爱国者的朋友
您是中华儿女的主心骨贴心人

艰难险阻压不垮您的精神
反动势力，黑暗势力打不垮您的斗志
领航中国这艘航母
驶向光明，驶向辉煌的明天
道路是一步步走来
成功是分分秒秒的实干
直到病魔吞噬您伟岸的身躯
直到癌细胞在您全身扩散
您那颗忧国忧民的心啊
才停止跳动，去休息片刻

不！即使您的骨灰撒入了江河
您永远恋着您的祖国，恋着每一寸土地
恋着您的人民，恋着每一种肤色
您的精神永远鼓舞他们上进
您的光辉永远温暖他们的心扉
您的形象永远雕刻青山
您的博大儒雅永远倾倒朋友
永远折服敌人

敬爱的周恩来总理
一代伟人，一代先贤
我们永远敬您爱您
我们永远唱着国际歌
去寻找志同道合的朋友
我们永远唱着国歌
去全心全意地为人民服务
我们永远高举拳头
在党旗下诠释人生
我们永远热血相溶
在国旗下宣誓奋进

敬爱的周总理，您一路走好
我们都爱您，敬您，追随您的信仰

刑场上的婚礼

——纪念周文雍和陈铁军烈士

双手，双脚戴着锁铐
为了自由，自己失去自由
为了信仰，被毒打，被囚禁
刽子手高高举起杀人的刀

揣一把金灿灿的钥匙
为新中国，为中华民族
去打开黑暗的沉重大门
让历史的火车，驶向光明
让腐朽，专制，殖民烧掉

昂起头颅，让闪电劈开
流尽鲜血，让怒雷炸裂
炸飞压迫，贪婪和杀戮
信仰就是力量
牺牲就是力量的爆发

黑洞洞的枪口下
是坦然，是豪迈

青山是栖息的家园
天空是放飞的灵魂
大地是多彩的舞台
大海澎湃革命者的激情和胸怀

让我们结婚吧
让我们在刑场举行婚礼吧
手挽手，肩并肩
走向婚姻的殿堂
敌人的枪炮就是结婚的礼炮
来吧，刽子手们
死亡使我们生命更加辉煌

生，我们是革命的同志
死，我们是革命的伴侣

写给国母宋庆龄女士

近代史的长卷，寒风猎猎
多灾多难的祖国，颠沛流离
水深火热的民族，流血牺牲
痛苦不堪的大众，朝不保夕
黑暗饥饿血腥贪腐，笼罩四野
万千生灵和希望
在军阀，列强的铁蹄下，野心里
饱受蹂躏，呻吟和挣扎

他流泪了
一滴泪水滑过脸颊
一滴泪水滑过孙中山的脸颊
一滴泪水滑过国父的脸颊
一滴泪水滑过这个不屈不挠硬汉的脸颊
一滴泪水滑过这个为国为民奔走呼号的民族英雄的脸颊
一滴泪水滑过这个义无反顾视死如归的挽救中华的革命家的脸颊

他流泪了
为了我们多灾多难里的祖国
为了我们水深火热中的劳苦大众

他流泪了

这个伟人的唯一的一次流泪
震撼了她的灵魂
坚定了她的一生信念
追随孙中山先生
追随他的事业
为国家民族的独立和富强
为劳苦大众的利益和幸福
奔走，操劳，呼号
奋斗，革命，牺牲

私欲的土壤，滋生多少军阀的旗帜
旗帜变幻，刺刀寒光逼人
欺骗民众，残杀虐待民众
然，最终都被民众的怒吼吞没
陈炯明炮轰总统府，她镇定自若
面对敌人的枪口，她毫无惧色
以自我牺牲的精神
掩护孙中山先生撤退
“中国可以没有宋庆龄
不能没有先生”
不幸小产，导致终身不孕
为革命，牺牲了做母亲的愿望
孙中山先生逝世后
不屈服任何势力

执着于先生的追求和事业
拒绝各种诱惑
抗争一切威胁淫威
她用自己独特的人格魅力
去唤起各阶层对祖国的热爱
她用精神的美丽，去点燃爱的世界
永远和民众站在一起
她成了，国家的母亲

日寇侵华战争之中
飞机轰炸，血腥的屠杀
她横眉冷对，发言谴责
用母性的胸怀，去温暖国人
募捐支持抗战
建立和平医院治疗受伤的战士
建立学校收养党的后代及孤儿
节俭吃苦
一分一厘都用之于民众，用之于救国
她成了，国家的母亲

她一生为了理想，信念
和平 奋斗 救中国
奉献自己的青春，年华
奉献自己的才能和学识
她的理想信念，照耀时空
给我们以精神

给我们以温暖
她永远是值得尊敬的国家母亲
她的名字就和孙中山先生永远连在一起
她的名字就和中华民族永远连在一起
她也就成为中国二十世纪最伟大的母亲
她也就成为东方二十世纪最伟大的女性

写给焦裕禄书记

兰考的风啊，你轻轻地吹
兰考的树啊，你轻轻地摇
兰考的水啊，你轻轻地流
兰考的云啊，你轻轻地飘
不要，不要，千万不要
惊扰我们的焦书记
让他舒展疲惫的身心
让他在大地里能睡个安稳觉

来自农村，来自黄土地的怀抱
他对黄土地深沉的情啊
他对黄土地深沉的爱啊
蕴含在母亲操劳的背影里
蕴含在兰考人的声声呼唤里
那是掏心掏肺的敬爱
那是水乳交融的亲情
那是血脉相通的感恩

从党旗下走来
从党的初心，使命中走来
抓土匪，学技术，做人民的好官
人民需要什么，他就做什么

俯下身子，甘为孺子牛
做人民的好儿子
知冷知热的贴心人
党和人民把他抬得很高很高

兰考的“三害”灾祸连连
几十万的乡亲乞讨中辗转
焦裕禄来了，人民的好县委书记来了
那双脚啊，跑遍兰考的角角落落
那双手啊，争分夺秒里辛勤劳作
那睿智的大脑啊，风雨雪霜里操心
那颗赤子之心，贴在兰考人的心窝
风沙再大，吞没不了坚强的意志
洪水再猛，淹没不了自救的豪情

男女老少，干部群众的冷暖
时刻挂在心上，落实在最需要的时候
唯独忘了自己，忘了自己的身体
兰考的泡桐长高了，开花了
兰考的黄沙被驯服了，绿化了
兰考的鱼塘欢腾一片
兰考的乡亲回乡了，生产自救
我们的焦书记累倒了，累垮了
用茶缸盖，棍子也顶不住疼痛
直到病魔吞噬他的健康的生命

但吞噬不了的是英雄的名字
吞噬不了的是不屈的精神
他的遗愿是葬在沙丘
看着人们把沙丘征服治好
他是大写的人，是我们做人的楷模
焦裕禄的精神支撑一个个时代
铸造中华民族闪亮的图腾
千万个焦裕禄，千万个好干部
正阔步行进在红旗招展的队伍中
向着中国梦，向着新时代
向着中国的世界，世界的中国
高唱国歌，前进，前进，进